DESCOBRINDO OS CLÁSSICOS

O MUNDO É DOS CANÁRIOS

LUIZ ANTONIO AGUIAR

FNLIJ – Altamente Recomendável

editora ática

O mundo é dos canários

Editora-chefe	Claudia Morales
Editor	Fabricio Waltrick
Editor assistente	Fabio Weintraub
Preparação do original	Agnaldo Holanda
Coordenadora de revisão	Ivany Picasso Batista
Revisora	Camila Zanon
Seção "Outros olhares"	Edu Teruki Otsuka
Colaboração	Fabiane Zorn
Estagiária	Grazielle Veiga

ARTE

Editor	Vinicius Rossignol Felipe
Diagramadora	Thatiana Kalaes
Editoração eletrônica	Estúdio O.L.M.
Pesquisa iconográfica	Silvio Kligin
Ilustrações	Guilherme Vianna
Ilustração de Machado de Assis	Samuel Casal

CIP-BRASIL. CATALOGAÇÃO NA FONTE
SINDICATO NACIONAL DOS EDITORES DE LIVROS, RJ

A23m

Aguiar, Luiz Antonio, 1955-
O mundo é dos canários / Luiz Antonio Aguiar. - 2.ed. - São Paulo : Ática, 2009.
(Descobrindo os Clássicos)

Contém apêndice e suplemento de leitura
ISBN 978-85-08-12019-2

1. Assis, Machado de, 1839-1908 - Literatura infantojuvenil. 2. Hábito de leitura - Literatura infantojuvenil. I. Título. II. Série.

04-3102. CDD: 028.5
CDU: 087.5

ISBN 978 85 08 12019-2 (aluno)
CL: 736566
CAE: 247746

2025
2ª edição
10ª impressão

Impressão e acabamento: A.R. Fernandez

OP 289733

Avenida das Nações Unidas, 7.221 – Pinheiros
CEP 05425-902 – São Paulo – SP
Tel.: (0xx11) 4003-3061 – atendimento@aticascipione.com.br
www.coletivoleitor.com.br

A CABEÇA EM MOVIMENTO

Quantas vezes você já não se surpreendeu ao examinar, de um ponto de vista novo, algo que já imaginava conhecer por completo? Um objeto, uma paisagem, uma ideia se apresentam de repente como coisas cujo sentido não está determinado, antes variando em virtude do ângulo pelo qual as observamos.

No caso de uma história, um relato literário, é fundamental perceber a relação que existe entre o que é contado e a perspectiva (as motivações, a posição social, as circunstâncias) de quem conta. Ao fazê-lo, muitas vezes somos levados a desconfiar das aparências e a relativizar o significado de determinadas afirmações.

Machado de Assis foi um mestre na arte do subentendido, brincando com diferentes pontos de vista e desmontando o mundo das aparências, das ideias prontas e opiniões estereotipadas. Por isso seus textos, apesar da linguagem sempre clara e elegante, desafiam os leitores, obrigando-os a sucessivos deslocamentos.

Neste livro você vai travar contato com uma pequena amostra da perícia machadiana (seis contos: "Ideias do canário", "Umas férias", "A segunda vida", "Missa do galo", "O enfermeiro" e "Eterno"), por meio das discussões travadas no *clube de leitura* de Colinas da Lua, província imaginária no interior do estado do Rio. Ali se reúnem sete adolescentes que estão se iniciando nos mistérios de Machado, o "bruxo de Cosme Velho", pelas mãos de Carolina — uma bibliotecária apaixonada por esse autor.

Dentre os adolescentes, destaca-se Laura. Cansada de ser conhecida apenas como a namorada de Juca, o craque de futebol da província, Laura nutre o secreto desejo de se tornar escritora. Estimulada por Carolina e inspirada pelos debates do clube, Laura vai escrevendo um conto no qual entram elementos da história de Carolina e de sua falecida avó Benícia — personagem enigmática, leitora igualmente devota de Machado de Assis.

Você vai agora acompanhar o percurso de Laura, não só seu amadurecimento como leitora e contista aprendiz, mas também como pessoa responsável diante dos próprios desejos e decisões. Verá como, em determinadas situações, a leitura pode se converter numa "experiência de vida", o que se liga justamente ao começo dessa nossa conversa, isto é, à capacidade de captar os acontecimentos tendo em vista vários ângulos de observação.

Puxe então uma cadeira, aproxime-se da luz e aposente as certezas: de um parágrafo para o outro, coisas mudam de lugar.

Os editores

SUMÁRIO

Que dono? Esse homem que aí está é meu criado, dá-me água e comida todos os dias, com tal regularidade que eu, se devesse pagar-lhe os serviços, não seria com pouco; mas os canários não pagam criados. Em verdade, se o mundo é propriedade dos canários, seria extravagante que eles pagassem o que está no mundo.

Machado de Assis

Machado de Assis é uma espécie de milagre...

Harold Bloom

Machado será sempre assim...
"Sem pressa, mas sem pausa como a estrela"...

Mário Matos

[...] devemos tratar [Machado de Assis] com carinho e a veneração com que no Oriente tratam as caravanas a palmeira às vezes solitária do oásis.

Joaquim Nabuco

• 1 •

O Ático

Quando a garota se deu conta, já havia subido a escada que, do segundo andar da casa, levava àquela porta de madeira antiga, sólida, com sua tranqueta de bronze. Para abrir a porta, bastava puxar lateralmente o pino soldado à haste, que deslizaria pelo trilho. Mais nada. Só que, aos treze anos, apesar de nunca ter sido proibida de subir até lá, jamais pisara naquela escada nem, é claro, estivera diante daquela porta.

Sem se precisar dizer, era como se o que havia atrás daquela porta pertencesse à avó. A ninguém mais. Era para onde ela escapava. Onde sumia. Por horas e horas, quase todos os dias.

Muito vez por outra, apenas, a garota lembrava que o sótão existia; era como se estivesse adormecido, enquanto os dois outros andares viviam em gostosa agitação, com pessoas conversando aos berros de uma porta para outra, crianças correndo, visitas que não acabavam mais. E, na maior parte do tempo, era justamente a avó o centro de tudo, das decisões e emergências, das providências e, não raro, das bagunças.

Mas, nessa manhã, a casa estava irreconhecível. As pessoas andavam rente às paredes, de cabeça baixa, sem querer se encarar, evitando uma dolorida troca de olhares. E, vagarosamente, como se não tivessem razão para ir de um lugar para o outro.

Quando acordou, no quarto permanentemente reservado para ela, no segundo andar, a garota estranhou o silêncio da casa. Mas a explicação para esse silêncio lhe ocorreu logo em seguida — assim como a de não ter desejado lembrá-la. E foi então que, vagamente, começou a pensar no sótão.

Ou melhor, o ático. Era como a avó o chamava.

A palavra era esquisita. Ático.

Provavelmente, ao se referir àquela parte da casa, antes, não usaria a mesma palavra que a avó. Nem que fosse de teimosia, falaria sótão.

Mas, hoje, não. Hoje não podia.

Era o *ático da vovó.*

Se o luto da casa a repelia, havia um lugar para onde escapar.

Ficava atrás daquela porta, no topo da escada.

No ático.

Por fora da casa, quando alguém lembrava de reparar, o ático mostrava por que ganhara esse nome. Na verdade, era um terceiro andar, um tanto recuado em relação aos outros dois, na fachada e nas laterais (mas não no fundo). Ou seja, um andar menor, sobre os demais: um ático.

Fazia dois dias que avó Benícia morrera e a garota, embora ainda não houvesse dito isso para si, sabia que perdera a pessoa mais importante de sua vida.

Não se surpreendeu que a tranqueta corresse fácil. A rigor, a porta jamais esteve trancada. Bastava apenas querer abri-la. Se quisesse.

Ou, *se quisera*? Era a avó que falava assim, às vezes. E com um sorriso malandro nos cantos dos lábios. Um sorriso tão dela. De ninguém ter certeza de por que ela sorria, de deixar perguntas sem resposta. E seu jeito de falar tinha a ver com aquela porta. Sugeria enigmas. "*Se quisera* dá mais vontade ainda de responder: quero, sim!"

Ela era a neta mais velha. A primeira neta. A neta *querida*, diziam, com uma ponta de ciúme, outra de afeto por ambas. Para recebê-la naquela casa, a avó sempre tinha uma surpresa preparada. Podia ser um pequeno presente, um doce acabado de sair do tacho...

E a neta, com um sorriso manhoso, ao receber o mimo, indagava: "É para mim, vovó?".

Às vezes, a surpresa era um presente diferente, como a proposta de abrirem juntas mais um canteiro de ervas, no quintal; um sabonete perfumado, que ela mesmo fabricava, para o banho de banheira com muita espuma, e no qual o sabonete seria consumido, todo, de uma única vez, ou uma história: "Aconteceu faz tempo, ainda quando minha bisavó era escrava, aqui mesmo em Colinas da Lua"... E lá ia contando aquela senhora, que estava sempre muito cheirosa e usando ou um broche ou um anel com um camafeu.

A garota entrou no ático e, quando pisou naquele assoalho antigo e escutou os rangidos dos tabuões de madeira, alguma coisa no ar quase a fez chamar: "Vovó?..."

Ou alguma coisa, ou foram suas lembranças que trouxeram a avó ali para junto dela. E era a voz da avó dizendo, do mesmo jeito que dizia, sempre, mal a garota entrava pela porta da frente: "Bem-vinda, netinha. A casa é sua!".

Ao cruzar a porta do ático, a garota se viu num salão limpo, amplo, bem iluminado por estratégicas claraboias. Num canto, havia uma confortável poltrona de leitura, de couro gasto, com costado alto, braços, banqueta para as pernas. Por trás da poltrona, estava uma luminária com pé alto, de madeira, apontada, de um jeito que a luz se derramaria sobre o livro aberto nas mãos de quem estivesse sentado. Havia uma mesinha ao lado da poltrona e, encostada na parede, uma estante com um bom número de livros, quase todos encadernados em couro — gastas encadernações de muita vivência, com lombadas trabalhadas com frisos e letras em dourado.

A garota ficou alguns momentos, observando a poltrona, a poucos passos de distância. "Então... esse era o lugar onde ela ficava, quando desaparecia de vista..." E a presença da avó, sentada ali, com um livro nas mãos, era tão forte que na hora não conseguiu chegar mais perto.

Além daquele canto da poltrona, só o que havia no ático era uma mesa de madeira castanho-avermelhada, antiga e maciça. Era do tamanho, talvez, de uma mesa de jantar para duas pessoas. Mas não havia cadeiras em torno dela e, reparando melhor, a garota achou que fosse estreita demais para ser uma mesa de jantar. Quem sabe, um aparador? Fora do seu uso habitual, e isolada — estava exatamente no centro do aposento —, era indecifrável. A garota se aproximou. Havia seis objetos sobre a mesa. Que a deixaram ainda mais intrigada.

Os objetos eram: uma gaiola de passarinho vazia; uma gravatinha borboleta preta pequena, parecendo de traje de luto de uma criança; uma garrucha de dois tiros; um exemplar encadernado de *Os três mosqueteiros*; uma moringa de barro; e uma caixinha forrada de veludo preto e, por dentro, de acetinado, também preto, contendo quatro grossas alianças de ouro.

Estavam bem-arrumados, distribuídos sobre a mesa como se houvesse uma ordem para percorrê-los. Todos eram objetos antigos, mas limpos e conservados, e a garota, sem tocá-los, ficou se perguntando por que a avó os havia deixado ali, expostos daquele jeito. Então, voltou-se para a poltrona.

Ao, enfim, se aproximar, percebeu que sobre a mesinha havia um pequeno embrulho. Sentiu um arrepio. O embrulho era feito com papel de seda opaco, enfeitado com uma faixa transversal de papel acetinado brilhante, de uma única cor, ocre — bem do jeito que a avó embrulhava os presentes que lhe reservava. E a menina, lá consigo mesma, murmurou: "É para mim, vovó?".

A resposta da avó era sempre um sorriso suave, um sorriso que a convidava a abrir o embrulho.

Foi o que fez. Só pelo tato, já soube que era um livro. De fato. Um livro de capa dura, forrada de pano, já puída nas beiradas, folhas rijas e amarronzadas.

É para mim, vovó?

Quando avó Benícia o haveria deixado ali? Poucos dias atrás?

Era um volume antigo de *Contos de Machado de Assis.*

A Garota sentou-se na convidativa poltrona de leitura. Levantou os olhos em direção à mesa, com aqueles objetos em cima. Depois, examinou o livro em suas mãos.

"Mas como ela poderia saber que eu ia subir até aqui?...", perguntou-se, repetindo o movimento do olhar, do livro para a mesa, da mesa de volta ao livro... Já tinha a certeza de que a avó deixara, ali no ático, algo que desejava lhe transmitir. Algo para ela descobrir. Aguardando por ela.

• 2 •

Glórias de empréstimo

Já fazia uma boa meia hora que estavam ambas naquele jogo. Lá da mesa de leitura, Laura ficava vigiando Carolina e, quando havia alguém junto do balcão, falando com ela, a garota dizia para si mesma: "Ah, agora não dá! Como é que eu vou lá interromper a conversa com esse meu papo esquisito?". Só que, quando a pessoa se afastava, Laura se perguntava, então: "Mas por onde é que vou começar, droga?". E, nessa, não saía do seu lugar. Já Carolina fazia dias que estava de olho em Laura. Reparara nela desde que a Biblioteca fora inaugurada. "Hoje ela não me escapa", prometeu a bibliotecária a si mesma.

Num dado momento, as duas, que vinham só se observando pelo canto dos olhos, distraíram-se e de repente se pegaram uma encarando a outra. Calhou de nesse momento não haver ninguém no balcão e de Laura estar justamente no meio de um daqueles impulsos de se levantar, que travava antes de se tornarem perceptíveis, voltando a aterrissar colada na cadeira. Carolina sorriu, sem graça por ser flagrada, e Laura idem, mais sem graça ainda. Só que, uma vez fisgada, a garota se levantou, agora. E, como Carolina não parava mais de olhar para ela com o tom do sorriso então mudado de *sem graça* para *todo receptivo*, Laura foi sendo puxada, puxada, até chegar junto do balcão:

— Oi! — disse Laura.

— Olááá! — recebeu-a Carolina, comemorando. E teve mesmo de se segurar para não completar dizendo "até que enfim". — Você é a *Inha*, não é? Que prazer! Você é famosa em Colinas da Lua.

— Eu... não — murmurou Laura, cada vez mais embaraçada. Depois sorriu, um sorriso conformado. — Meu namorado é que é. Ele é...

— Eu sei! O Jucracaço! — Carolina já estava deixando a excitação elevar seu tom de voz. Laura olhou para trás, checando se alguém nas mesas de leitura havia se voltado para elas, aborrecido. Será que ia ter de lembrar à bibliotecária que era para fazer silêncio na Biblioteca? — Assisto a todos os jogos do Selenos. Sou fã do Juca também. Como todo mundo aqui. Nosso camisa 10. Ora, sou filha da terra, sabia?

— Sabia, sim — apressou-se a dizer Laura. — Você é que é famosa. Toda a cidade só fala... — e ela brecou, temerosa. Mas Carolina completou a frase.

— ... que vim morar numa casa mal-assombrada! Sim, eu sei. As meninas me contaram. Mas era onde eu passava a maior parte do tempo, quando criança. Era a casa da minha avó.

As meninas, no caso, eram as duas irmãs, Rosana e Luana, que estavam sempre na Biblioteca. Laura as vira, algumas vezes, conversando com Carolina, em voz baixa, numa das mesas mais do fundo, sempre com um livro aberto, entre elas. Escutou também o comentário de um garoto, certa vez: "Parecem bruxas, lendo algum feitiço naquele livro".

Laura também trazia um livro nas mãos. E mantinha o dedo indicador, marcando uma página. Isso estava deixando a bibliotecária ainda mais ansiosa. Laura havia chamado a sua atenção por ser, entre os frequentadores jovens, uma das mais assíduas na Biblioteca.

Com cerca de quarenta anos, Carolina era uma mulher de pele da cor da noz-moscada, e que exalava permanentemente perfumes, sem que ela usasse nenhum. Mas era, por vez, o cheiro do gerânio, noutra o da canela, noutra o do grão de pimenta negra que se acaba de esmagar. Eram cheiros de terra e de água; mas terra humosa, cultivada; e água barrenta, o curso de um rio depois de chuva forte, jorrando, rasgando ainda mais seu leito. Ela falava alto e depressa, geralmente traindo alguma ansiedade.

Fazia, agora, um ano e meio que retornara a Colinas da Lua, para assumir a instalação e depois a direção da Biblioteca Pública da cidade. Era o emprego com que sempre sonhara. E, logo que a Biblioteca entrou em funcionamento, poucas semanas antes, encasquetara outra ideia, sobre a qual andava conversando com uns e outros, reservadamente, sempre na mesa dos fundos do salão de leitura, como se fosse uma conspiração.

Laura percebeu o olhar de Carolina cravado no livro que tinha nas mãos e, por impulso, escondeu-o às costas, para aflição da bibliotecária.

— Bem — disfarçou a garota —, não é por causa da casa que você é famosa. Puxa, você até escrevia em jornal, lá no Rio...

— Num suplemento literário. Fazia críticas de livros. Eu e dúzias de outros.

— Pois é! — E Laura começava a achar aquele livro, que segurava, pesado demais. Trouxe-o de novo à frente para ganhar coragem. Carolina mal podia esperar que o livro se abrisse e ela descobrisse que página era aquela, marcada com o dedo de Laura. — Vi você conversando com as irmãs...

— As morenas bonitonas. A de cabelos compridos e a de corte rente, arrepiado. Rosana e Luana.

— Isso. E com outros também — Laura se encostou mais ainda no balcão, e abaixou a voz, obrigando Carolina a chegar mais perto dela, com o balcão entre as duas. — Escutei depois a Rosana comentando com o Zé Henrique. Os dois estudam no mesmo colégio que eu e... Bem, acho que estou dando uma de oferecida, mas ela estava falando das conversas que teve com você sobre coisas que ela leu, daí eu pensei...

— Ora, claro! — murmurou Carolina, antecipando-se ao pedido da garota. E o fez de um jeito tão acolhedor, tão amigo, que convenceu Laura a pôr o livro, aberto, agora, sobre o balcão, apontando um parágrafo...

— Aqui!... — disse a garota. Carolina se debruçou sobre o livro, e num correr de olhos reconheceu o texto. — Passaram isso para a gente ler, lá no colégio. Mas eu queria conversar, em vez de só responder às perguntas. Inclusive sobre umas coisas... que eu pensei depois que li. Será...?

Era uma crônica de Machado de Assis, publicada em 16 de outubro de 1892.

Carolina resolveu não interromper Laura, quando a menina passou a resumir a crônica.

— Machado de Assis está dentro de um bonde, ou se imagina dentro dele. Esses bondes eram veículos abertos, puxados a burros. Quer dizer, bem na semana anterior, haviam começado a circular ônibus movidos a eletricidade, no Rio. Mas o Machado está num bonde puxado a burros, sentado bem na frente, no assento mais próximo dos animais. E de repente começa a escutar a conversa dos burros, numa linguagem lá deles que Machado diz na crônica que entende... Os bichos estão falando justamente do bonde elétrico. Um diz que, com a novidade, a vida dos burros vai melhorar, que vão ser aposentados do trabalho pesado de puxar os bondes e ter descanso, afinal. Já o outro duvida. Diz que, sem trabalho, vão ser largados para morrer de fome. Daí... Não, foi antes, foi justamente quando o bonde que já era elétrico cruzou por esse, ainda puxado a burros. Foi aí que começou o papo entre os dois burros. Mas no que eu fiquei mesmo pensando foi num pedacinho, um gesto do condutor do ônibus elétrico... uma coisa tão rápida, mas o Machado percebeu. E o comentário dele... é tão... tão...

Os olhos do homem passavam por cima da gente que ia no meu bond, *com um grande ar de superioridade... Sentia-se nele a convicção de que inventara não apenas o* bond *elétrico, mas a própria eletricidade. Não é meu ofício censurar essas meias glórias, ou glórias de empréstimo... As glórias de empréstimo, se não valem tanto como as de plena propriedade, merecem sempre algumas mostras de simpatia. Para que arrancar um homem a essa agradável sensação? Que tenho para lhe dar em troca?*

— ... Tão ferino! — completou Carolina. — Você ficou chateada com o Machado, não foi?

— Coitado do tal condutor! — confessou Laura afinal. — E daí, se ele se achava importante por estar dirigindo um bonde elétrico? Puxa, era o orgulho que ele tinha! Parece que o Machado está debochando dele, não é?

— Muito provável! — respondeu Carolina, deliciada. — Ou talvez o ser humano Machado se comovesse com o condutor. Quem sabe? Mas, talvez, ao mesmo tempo, o escritor Machado tenha usado essa ironia para você se indignar, se comover. Para dar um toque em seus leitores. Veja...

E já aí Carolina saía de trás do balcão em formato de ferradura, onde atendia os usuários. Foi pegando Laura pela mão e a conduziu para a mesa dos fundos. Lá se sentaram as duas, com o livro aberto entre elas, fazendo Laura se lembrar do comentário: "bruxas com um livro de feitiçaria...".

— Muitos escritores compunham personagens que eram tal e qual os tipos mais aceitos da época. E só. Estereótipos, entende? Até com certa dose de preconceito. Por exemplo, as heroínas românticas tinham um tipo característico. Sonhadoras, lânguidas, passivas. Sempre aguardando o herói romântico tomar a palavra e a iniciativa, caso contrário seriam infelizes para sempre. E as pessoas do povo? Ingênuas, alegres e, muito importante, apesar da vida difícil, sem conflitos que não fosse o da subsistência.

"Sem cavernas dentro de cavernas, nos seus íntimos", pensou Carolina.

— Mas Machado inovou a nossa literatura em muitas coisas. Não é à toa que é considerado nosso maior escritor, e que há críticos estrangeiros que o têm como um dos maiores da literatura ocidental. Ele inventou o personagem brasileiro como uma criatura complexa. Que precisa ser observada com cuidado. Descoberta. Não um molde, preenchido assim-assim, ou um *tipo* que a gente reconhece de primeira. E o mais fantástico é que ele transmite isso ao leitor em poucas linhas, quando quer. Veja só esse trecho: dez linhazinhas, e você já tem diante de si uma criatura intrincada, com sentimentos próprios, coisas de si que podemos imaginar; outras, quem sabe, que ele rejeita; outras de que mal se dá conta. Esse condutor *é* um indivíduo! Cada personagem de Machado é um mundo à parte. Único! Singular! E ler a obra dele é como ganhar o dom de enxergar seus personagens desse modo. De enxergar a alma deles!

— Só que isso aí é uma crônica — protestou Laura. — E você está falando de personagem. Personagem não é coisa de conto, de romance?

— Em Machado de Assis, suas crônicas também usam recursos literários. De fato, ele é o mesmo escrevendo contos, romances e crônicas. Não dá para usar com Machado essas caracterizações arrumadinhas, comuns. Ele é gênio! É que nem aquela história de dizer que Machado faz parte do Realismo, só para conseguir encaixá-lo num estilo de época. Mas, nessa crônica, ele é realista na observação de uma mudança do cotidiano e... sei lá o quê, quando põe os burros para conversar numa linguagem equina que só ele, entre os passageiros, entende. E, veja, esse sei lá o quê é tudo, menos Realismo. Machado é um caso à parte. Em qualquer literatura do mundo, ele seria um milagre!

Laura ficou um tempo parada, pensando, lançando esguelhas desconfiadas para Carolina... Depois releu o trecho...

Então cravou os olhos em Carolina, como se a resposta por que ansiava estivesse oculta no sorriso de satisfação da bibliotecária...

Laura tinha quinze anos, um rosto de traços tão delicados que era impossível não se pensar em histórias de fadas, ao vê-lo. De fato, ela era uma criatura leve. Leve ao falar, leve nos gestos, no andar. Era muito magra, já bem alta, corpo comprido, alongado. Tinha cabelos castanhos, escorridos, com brilhos cor de mel, e olhos verdes. A pele era cremosa como o leite que sai quente, espumoso, da teta da vaca, com uma tonalidade entre o branco e o róseo que transmitia toda a sua maciez.

— Tem outra coisa — retomou Carolina: — O mundo em que Machado viveu.

— Como assim?

— Ora, para falar claro, acho que a Corte do Império, o Rio de Janeiro daquele tempo, era um delírio. Quer dizer, havia uma parte dela que delirava. A rua do Ouvidor. Era a rua chique, na época. Sob um calor de 40 graus, vestiam-se à moda de Paris: veludos, casaquinhos, luvas até os cotovelos, vestidos com cauda de mais de um metro, chapéus enormes. E os homens todos de fraque, colete, cartola.

— Não acredito — disse Laura. — Jura?

— Verdade! Na Corte, quem queria ser visto tinha de estar na rua do Ouvidor, no fim da tarde. E lá, a língua era o francês. Nas vitrines das lojas, os letreiros anunciando mercadorias, só em francês. Os empregados das lojas, também, só falavam francês, com seus clientes. O que isso tudo lhe diz?

— Que, no mínimo, esse pessoal estava em outro lugar. Não no Brasil.

— É bem isso mesmo, como se tivessem as ideias fora do lugar. Queriam tanto estar em outro lugar, que deliravam! A França era a civilização. O Brasil e tudo o que fosse brasileiro eram selvagens. Adivinha de onde vem essa mania de a gente dizer *isso é coisa de brasileiro*, como se fosse estrangeiro? Éramos considerados só natureza, sem cultura, pode? E outros escritores se contentavam com nosso lado exótico, o pitoresco, que era a visão que muitos europeus tinham da gente. Imagine, vermos a nós mesmos como pitorescos! Mas muitos faziam isso. Ou reforçavam o preconceito contra o brasileiro, contra o popular. Viam-se como parte de uma elite civilizada, europeia. Então, temos este nosso país tropical aqui, que nem a eletricidade conhecia....

— Isso devia incomodar o pessoal da rua do Ouvidor — comentou Laura, com uma risadinha.

— Demais! Mas Machado é diferente. Com ele, nossa literatura passa a ver a si mesma e, principalmente, nossos cenários e personagens. Não somos mais quem ensinaram que somos, mas estamos assumindo a responsabilidade de descobrir e afirmar, por nossa conta e risco, quem somos. Com direito a mostrar nosso lado em comum com a Humanidade. Nosso lado universal. Nosso espírito vira um cosmos turbulento e todo esse drama transcorre nas ruas desta nossa terra! Onde a elite se queria progressista e europeia, contanto que pudesse manter seus escravos negros!

Carolina folheou o livro, lentamente, calada por um instante, como se procurasse no relance das linhas da crônica o que mais o texto poderia dizer.

— Machado recusa os estereótipos pelos quais nos queriam ver, tanto o europeu quanto o brasileiro que se achava um Robinson Crusoé por aqui. E também destrói a ilusão de sermos um povo simples, criaturas inocentes, filhos da terra paradisíaca. E debocha dessa idealização à europeia que se consolava por acreditar que existia, no Globo, pelo menos este último refúgio de paz. Enquanto, para eles, ficava o fardo das ideias, da prosperidade, do comando do mundo! Ora, tadinhos, tão evoluídos e tão infelizes!

A bibliotecária consultou o rosto de Laura, antes de prosseguir. — Veja, ele foi muito criticado na época por escrever usando o que então era um português *brasileiro*, e não um português que só se falava em Portugal. E ninguém como ele soube envenenar tanto nosso idioma. Torná-lo ágil, surpreendente. Ambíguo e sutil. Sagaz! Sinto que Machado não escrevia para ser considerado europeu. Ou à altura dos europeus. E isso era diferente de muitos outros escritores daqui, na época. Muito menos ele escrevia para se afastar do meio e do ser brasileiro. Era inteligente demais para cair em uma armadilha dessas. Sabia quem era. Sabia que o senso crítico não torna ninguém noutra pessoa, mas no máximo dá mais lucidez para se enxergar a si mesmo. Ele escrevia como quem está no mesmo barco que seus leitores.

— No mesmo bonde! — corrigiu Laura.

E Carolina arregalou os olhos, gostosamente surpresa. Não esperava que a garota já fosse se arriscar a fazer piadas. Mas logo sorria, assentindo:

— Veja este outro trecho aqui, mais adiante. Machado lá no bonde puxado a burros, daí fica vendo o bonde elétrico passar e escreve: "Em seguida, admirei a marcha serena do *bond*, deslizando como os barcos dos poetas, ao sopro da brisa invisível e amiga..."

— Não tinha reparado — observou Laura, pensativa.

— É bom abrir o olho. Machado não faz alarde quando escreve coisas importantes. Não avisa, não aponta, é diferente de um escritor de hoje. É quase... dissimulado.

— É bem bonito o que ele escreveu aí.

— Também acho. Para mim, o cronista aí confessa que, como todo mundo no Rio, fica encantado com os bondes elétricos. Mas não se coloca de fora, com ar de estrangeiro. O que tinha em mente, ninguém pode saber. A gente pode é ter sacações, lendo o texto. Para mim, essa crônica questiona a tal fascinação pelo progresso. Para simplificar, progresso era tudo o que já estava em uso na Europa e que, portanto, tinha de vir para o Rio. E o que Machado diz é que nem sempre é tão simples assim. Que novidade tem benefícios e custos. Algo se ganha, algo se deixa para trás.

— Tem a ver com o que está na Bandeira, "Ordem e Progresso"?

— Isso mesmo! A República havia sido proclamada dez anos antes de esta crônica ser publicada. Puxa, pôr uma palavra na Bandeira Nacional é uma coisa muito séria. É como dizer que ela deve ser um lema para todos os cidadãos do país. E lá está Machado falando que as vantagens da eletricidade e do bonde elétrico dependem do ponto de vista.

— Tá, mas é que acho ele... irônico demais com as pessoas. O cara não perdoa nada!

— Bem, quem sabe? Tem muita gente que concorda com você. Teve um crítico certa vez que chamou Machado de "monstro cerebral", que tudo o que fazia era injuriar seus semelhantes.

— Você não acha isso, né?

— Não — respondeu Carolina, rindo deliciada.

— Mas e essa mania dele de estar sempre tocando na ferida? — murmurou Laura, com jeito de quem saiu do chão, de repente.

— Você está com pena daquele condutor...

— Ainda acho maldade — suspirou a garota.

— Mas não culpe Machado por isso. Quem é que disse que a vida é gentil com quem tem para si nada mais do que esses pequenos tesouros? Com quem tem como seu maior ou único orgulho uma coisa... que na verdade não é sua? E ter esses orgulhos é muito humano, Inha.

— Laura! — corrigiu a menina.

— Não pensei que você não gostasse do apelido — replicou Carolina, novamente pega de surpresa. — Todo mundo chama você assim.

— Porque é como Juca me chama, desde quando a gente era criança. Daí, todo mundo chama igual. — O rosto da menina ficou de um jeito que Carolina não soube decifrar. Laura continuou: — Eu... não me incomodo. É como ele me chama. Eu gosto, mas meu nome é Laura, é... Laura.

E Laura se calou, de súbito, engolindo o ar e as palavras seguintes de volta. Carolina assentiu.

— Literatura faz isso às vezes, Laura. Deixa a maldade exposta. Daí, a gente lê, enxerga e... Sabe, menina, você vai ter de descobrir o que incomoda tanto você nesse trecho.

Laura sorriu, algo sem jeito, estremecendo como se levasse um beliscão.

E entendeu que bem podia ser essa a conversa que tanto queria.

Depois, desviou o olhar, se dando um tanto de silêncio.

E Carolina aguardou, quieta, também. Somente quando Laura retornou os olhos para ela, a bibliotecária perguntou:

— Vocês estão juntos há um bocado de tempo, né?

— Eu e o Juca? A vida inteira. A gente já era amigo antes de aprender a falar. Então...

E dali o papo foi emendando assuntos, com Carolina contando histórias sobre sua avó.

— Imagina que ela tinha um esconderijo secreto, na casa? Um lugar onde passava horas, lendo. Só fui descobrir logo depois que ela morreu. Daí, quando entrei lá, encontrei...

Quando Laura viu, começou a se sentir como se estivesse dentro daquela casa, vivendo, ela própria, as histórias de Carolina. E ficaram tão à vontade que Carolina quase ia esquecendo de seus planos. Mas se lembrou, em tempo, já nas despedidas, e de supetão deu o bote: convidou Laura para participar do *Clube*.

Laura aceitou.

• 3 •

A camisa 13

Todos os domingos à tarde, o Selenos FC entrava em campo para defender a honra de Colinas da Lua diante de algum outro time de futebol da região. E, se tinha jogo, Juca, namorado de Laura, ou Jucracaço, como o chamavam seus fãs — praticamente a cidade inteira, para dizer a verdade —, estaria nas quatro linhas para brilhar com sua camisa 10.

O caso de amor de Colinas da Lua com Jucracaço era muito sério. Assim como o caso entre Laura e Juca. Ele fora o primeiro, e até então o único, namorado dela. E também o primeiro beijo. E também o primeiro amor. E ele vivia repetindo: “Inha, você é meu amuleto da sorte. Minha camisa 13 (a 12 era a camisa oficial da torcida do Selenos). Se não vejo você na arquibancada torcendo por mim, eu não jogo nada!”.

Juca era o xodó de Colinas da Lua desde pequeno. Desde que o viram em campo, muito molecote, dar dribles em marmanjos, de deixá-los sentados no chão. Todos profetizavam: “Nosso garoto vai pra Seleção! Com ele, Colinas da Lua vai conquistar o exterior!”.

Naquele ano, o Selenos havia chegado fácil à decisão. E era considerado o favorito, com sobras; principalmente, é claro, por causa de Juca. Só que a vida também dá lá suas trivelas na gente...

— Tá confirmado, Juca. — disse seu Dorival. — Mandaram um olheiro para tomar informações e ver você jogando.

Juca ficou estranhamente quieto.

— Me escutou, filho? O olheiro vai observar você jogando na decisão.

Juca continuou calado, olhos fixos nas pontas de suas chuteiras.

— Juca, qual é o problema?

— Que problema?

— É o que você sempre quis, ou não é mais? Desde que a gente soube do interesse do clube do Rio, você ficou estranho. O que está acontecendo?

— Não tá acontecendo nada, ué!

— Nada?...

— Nada. Por quê?

— Por que, me responda você? Filho, toma jeito! Fala as coisas de frente.

— Ah, pai, nem vem.

Juca se levantou e foi saindo. Seu Dorival fechou a cara e o segurou pelo braço, virando-o de novo para si.

— Não vire as costas para mim, garoto!

— Desculpa, pai — as faces de Juca ficaram rosadas, ardidas, por um instante. — Juro que não é nada, pai. Tá, já entendi. Tem um olheiro aí e vai assistir à final.

— Isso mesmo!

— Deixa comigo.

Seu Dorival largou o braço de Juca e soltou um suspiro. Ficou calado, mordendo o lábio por um instante. Tinha mais uma preocupação:

— Você já contou pra Inha?

Juca levou um segundo ou dois para reagir:

— Pra Inha?

— Claro, filho — impacientou-se seu Dorival. — Você tem de contar para ela! É a coisa decente a se fazer.

— Pai...! — Juca bufou. De nervosismo e de impaciência. Nada o transtornava mais do que ser cobrado. — Ela já sabe. Sempre soube que um dia isso ia acontecer, que eu ia sair de Colinas da Lua para jogar no Rio e...

— Uma coisa é saber que um dia vai acontecer. Outra é ficar sem saber que já está acontecendo. Ela é um doce de garota. Não banca o cachorro, Juca!

— Pai, dá para encerrar o papo?

— Que papo? Você disse alguma coisa que se aproveitasse?

— Ora, a Inha... Você está falando da Inha?

— Também.

— Ela entende. Tá acostumada comigo. Não complica, pai!

Seu Dorival soltou um resmungo, pensou um segundo, então disse:

— Filho, você já nasceu ídolo desta cidade. Sempre foi o Jucracaço de Colinas da Lua. Mas o que ainda precisa aprender é que essa é a sua maior fraqueza.

• 4 •

Decifra-me ou eu te bico

Tudo o mais é ilusão e mentira.
"Ideias do Canário"

Finalmente, acontecia a primeira reunião do Clube de Leitura.

Sentados nas cadeiras arrumadas em círculo, estavam, além de Carolina, as duas irmãs, Rosana e Luana, Zé Henrique, Lucas, Alex, Tina... e Laura, a mais próxima da porta, como se quisesse garantir que poderia escapar a qualquer momento.

Carolina sentia o coração esvoaçando, como se quisesse se evadir da gaiola, um tanto por contentamento, outro por apreensão. Fora muita conversa até chegarem àquele primeiro encontro do Clube de Leitura que ela tanto vinha sonhando em organizar. A proposta era simples: todos leriam os textos em casa, depois nova leitura em grupo, com discussão o mais aberta possível. Valiam intuições, sensações, suspeitas. E Carolina, como orientadora do grupo, ia dando explicações, provocando.

Ela também ficara encarregada de trazer uma sugestão de qual seria a primeira leitura do Clube. Pensara muito a respeito, preocupada com o que iria indicar, e afinal decidiu:

"Claro, a gente tem mais é de começar pelo que há de melhor!". Mas já esperava a reclamação.

— Por que a gente tem de começar lendo logo Machado de Assis? — resmungou Alex.

— E quem falou que a gente tem de começar lendo Machado de Assis? — dando a resposta que trouxera preparada.

— Jura? — desconfiou o garoto.

— Gente, acorda! — exclamou ela. — Nada aqui está valendo nota nem conceito. Não vai ter cobrança nenhuma. Ninguém é obrigado a marcar presença nem a fazer dever de casa. Não tem avaliação, escutaram? Todo mundo está aqui porque quer, como bem pode não estar a semana que vem. Sem problema. E a gente aqui vai ler o que decidir que quer ler.

— Só o Alex é que ainda não entendeu, Carolina! — provocou Tina. Ela e Alex trocaram olhares de enfrentamento. Não paravam de implicar um com o outro. Todos já estavam achando aquilo meio comprometedor.

— Hoje — argumentou Carolina — é a primeira reunião do nosso Clube de Leitura. E trouxe uma sugestão para vocês. Que a gente comece lendo alguns contos de Machado de Assis. Se a sugestão não for aceita, tudo bem. Mas, antes, vou tentar vender meu peixe, combinado?

— É para isso que Carolina ficou como a orientadora do Clube — aproveitou de novo Tina, pondo a língua para Alex. O garoto ficou com o rosto como pimenta, daquelas que ardem só de abrir o vidro. Mas se segurou, sem saber como, e simplesmente virou a cara, tomou um fôlego e, olhando para Carolina, disse, rendendo-se:

— Tá bom. Vacilei. — Depois de uma pausa, encarando agora Tina, de novo, emendou, vingativo: — Mas, se a gente não tem de começar por Machado de Assis, por que vai começar logo por Machado de Assis? Isso a Carolina ainda não respondeu. Sempre ouvi dizer que esse cara é difícil à beça de ler!

Bem no alvo. Tina deu de ombros, chateada por não ter como replicar a afirmação de Alex. O que o deixou feliz da vida. O garoto sorriu comemorando.

Sim, Carolina sabia que ainda não havia respondido ao ponto principal do questionamento do garoto. Era hora de vender o peixe.

— Para começar, Machado de Assis não é uma leitura difícil. Ele escreve de um jeito muito claro, muito elegante. E é um grande contador de histórias. Tem uma ou outra palavra que a gente estranha. Mas nada que um dicionário não ajude a resolver. Ler Machado é relativamente fácil, na maioria dos casos, mas o Alex não deixa de ter razão. É também um desafio. Ele escreveu cerca de 200 contos. Pode ser mais conhecido por seus romances, mas tudo de melhor de Machado está também em seus contos, nessas pequenas peças, mais acessíveis. E um bom punhado deles é das melhores coisas que já se criaram no gênero, no mundo. É uma sorte a gente poder ler contos tão geniais em português, no idioma em que foram escritos e com o qual temos intimidade. Principalmente porque cada conto dele é trabalhado, e retrabalhado, como se fosse uma joia fina, delicada. Ele era um artesão obsessivo, não tinha pressa, acreditava em buscar sempre a perfeição. E sabia como ninguém fazer artes com a língua portuguesa. Mas que tem segredos naqueles contos, ah, tem, sim! E escondidos. Segredos que nem sempre a gente enxerga.

Laura agora havia deslizado para a frente, na cadeira, fixando os olhos, algo febrilmente, em Carolina, ao perguntar, numa voz quase sumida:

— Como assim, segredos?

Aquele olhar da garota ... *Ah, como Carolina conhecia aquele olhar!* ... Era de quem está precisando descobrir segredos, para si, e logo, ou deixaria de acreditar em mágica.

Já nas primeiras conversas com a garota, na Biblioteca, Carolina jurava que era justamente isso o que Laura andava procurando. Segredos.

Para encantar a vida.

Que segredos?

Ora, ela não dizia que Literatura só pega quando entra na vida da gente? Era hora, então, de se expor.

— A primeira vez que li Machado... era uma coletânea de contos dele. Esses mesmos que escolhi para vocês. Mas, para minha frustração... não gostei. Nadinha! Achei... — ela hesitou, mas acabou confessando: — ... chato.

— Duvido! — replicou em cima Lucas, o mais novo do grupo, e de ar ainda mais moleque que Alex. — Você vive falando desse cara. É apaixonada por ele. Tem vezes que dá até... até...

— ... Enjoo! —, completou Alex. Depois, se tocando, mandou um olhar preocupado para Carolina.

Mas a bibliotecária replicou com uma careta e prosseguiu:

— Mas comecei toda do jeito errado. Tinha treze anos, ninguém para me apresentar Machado, nem com quem conversar sobre o que estava lendo, e tinha pouca experiência de leitura. — Carolina fez uma pausa ligeira, recordando. — O pior é que estava com pressa de ler. Bem, não importa agora por que, mas eu tinha razões para achar que alguém, uma pessoa muito querida e que eu acabava de perder, tinha deixado uma mensagem para mim ali. Naquele livro. E que Machado de Assis a estava escondendo de mim. Fiquei danada da vida. Comigo e com Machado. Dá para entender?

— Mais ou menos — disse Lucas e, ganhando coragem, completou: — Um mais ou menos assim quase nada.

— Engraçadinho! — resmungou Carolina. — Bem, o que importa é que fiquei com aquela... birra! Tanto que só voltei a ler Machado anos depois. Daí começou a acontecer comigo uma coisa estranha.

— O que foi? — indagou Laura, percebendo que a pausa de Carolina ia se esticando, como se ela houvesse esquecido o que pretendia dizer.

Mas não fora um esquecimento... Era algo de que ela não conseguia falar sem se emocionar.

— Vocês já ouviram falar na Esfinge?

— É um daqueles monstrões da mitologia grega? — quis confirmar Rosana.

— Era, sim — respondeu Carolina. — Parte mulher, parte águia, parte leão. A todos os viajantes que passavam pela estrada que ela dominava, dizia: "Decifra-me ou te devoro!". Daí, propunha um enigma. Se o viajante não adivinhasse a resposta, era devorado. Por muitos anos, ela devorou a todos, porque ninguém decifrava o enigma. Era assim que eu me sentia com Machado. Mas, depois, o que aconteceu comigo foi que percebi que havia me tornado uma pessoa que acha a vida incrível. E mais incrível ainda porque tinha a literatura na minha vida. E numa pessoa que acha a literatura uma coisa mais e mais incrível ainda... porque tem Machado de Assis nela. Enfim, estou oferecendo a vocês a oportunidade de uma leitura que pode se transformar numa intensa e inédita experiência de vida. Interessados?

Dessa vez, ninguém disse nada. Apenas a olhavam fixamente, e Laura, mais ansiosa do que todos. Com muita razão, Carolina tomou o silêncio deles como um assentimento.

— Bem, que tal, em vez de só falar a respeito, eu mostrar? Posso ler um conto dele para vocês? Chama-se "Ideias do canário".

A garotada encarou-a algo ressabiada. E Carolina entendeu na hora, tanto que prendeu um sorriso, antes que viesse aos lábios, para não deixá-los mais desconfiados ainda de que ela os estivesse enrolando. E em meio às espiadas que eles trocavam pelos cantos dos olhos, cheios de dúvida, Carolina puxou o livro e começou a ler...

Um homem dado a estudos de ornitologia, por nome Macedo, referiu a alguns amigos um caso tão extraordinário que ninguém lhe deu crédito. Alguns chegam a supor que Macedo virou o juízo...

— Como assim, virou o juízo? — inquiriu Luana. E Carolina já ia responder, quando Rosana disse...

— Deve ser que nem *perder o juízo*. Pensaram que ele tinha pirado, certo?

— Certo — sorriu Carolina. — E ornitologia, para quem não sabe, é estudo de pássaros. Essa história é sobre um canário, lembram? E é esse Macedo quem está contando.

No princípio do mês passado [...] indo por uma rua, sucedeu que um tílburi à disparada quase me atirou ao chão. Escapei saltando para dentro de uma loja de belchior [...] A loja era escura, atulhada de cousas velhas... que de ordinário se acham em tais casas, tudo naquela meia desordem própria do negócio.

— Que nem a loja do seu Pedro Matos aqui em Colinas da Lua — raciocinou Lucas. — Loja de belchior é loja de coisas usadas, certo? E tílburi? Deve ser um veículo qualquer, para quase ter atropelado o sujeito. Mas, naquela época, só podia ser puxado...

— ... Certo! Puxado a cavalo! Era um veículo de aluguel, de duas rodas, pegando passageiros na rua, e com apenas um cavalo puxando. Isso, gente! Quando a palavra for desconhecida, botem a inteligência para funcionar. Mas vocês nem imaginam o que esse Macedo vai encontrar dentro da loja. Algo que iria virar do avesso a vida dele.

Ia a sair, quando vi uma gaiola pendurada da porta [...] Dentro pulava um canário. A cor, a animação e a graça do passarinho davam àquele amontoado de destroços uma nota de vida e de mocidade [...] como se quisesse dizer que no meio daquele cemitério brincava um raio de sol. [...] Eu, de envolta com o prazer que me trouxe aquela vista, senti-me indignado do destino do pássaro, e murmurei baixinho palavras de azedume.

— Quem seria o dono execrável deste bichinho, que teve ânimo de se desfazer dele por alguns pares de níqueis? [...]

E o canário quedando-se em cima do poleiro, trilou isto:

— Quem quer que sejas tu, certamente não estás em teu juízo. Não tive dono execrável [...] vai-te curar amigo.

— Hein? — riu Alex. — O canário fala? E ainda chama o cara de doido?

— Shhh! — fez quase todo mundo em coro, e ele se encolheu.

— Como — interrompi eu, sem ter tempo de ficar espantado. Então o teu dono não te vendeu a esta casa? Não foi a

miséria ou a ociosidade que te trouxe a este cemitério, como um raio de sol?

— Não sei que seja sol nem cemitério [...]

— Ah, assim não dá. Um canário que não conhece o sol? Ele nunca voou? — reclamou Alex de novo. — Esse Machado é mesmo cheio de coisa.

Carolina se segurou para não responder de bate-pronto. E não se arrependeu. Porque Laura, naquela hora, levantou a mão, lenta e hesitante, em mínimos solavancos para cima, e faltando um quase nada para recolhê-la de volta, assustada. Mas a garotada se virou para ela, até pela falta de hábito de vê-la se manifestar, e num fôlego só ela disse:

— Mas também... por que um canário ia saber que o que a gente chama de sol... é o sol? O bicho ia ter de conhecer outras coisas, né? Coisas que não são de passarinho... quer dizer, lua, estrela... E cemitério? Desde quando canário tem de saber o que é cemitério?

— É mesmo! — exclamou Tina, abrindo um sorriso divertido.

— *Canarialmente* falando, nada disso faz sentido — completou Rosana.

— Dá-lhe, canário! Pira o sujeito de vez! — riu Zé Henrique. — Continua Carolina. O que o tal Macedo respondeu? Não entendeu nada, né?

— Perdão, mas tu não vieste para aqui à toa, sem ninguém, salvo se o teu dono foi sempre aquele homem que ali está sentado.

— Que dono? Esse homem que aí está é meu criado, dá-me água e comida todos os dias, com tal regularidade que eu, se devesse pagar-lhe os serviços, não seria com pouco; mas

os canários não pagam criados. Em verdade, se o mundo é propriedade dos canários, seria extravagante que eles pagassem o que está no mundo.

Pasmado das respostas, não sabia que mais admirar, se a linguagem, se as ideias. A linguagem, posto me entrasse pelo ouvido como de gente, saía do bicho em trilos engraçados. [...] Perguntei-lhe então se tinha saudades do espaço azul e infinito...

— Mas, caro homem, [...] que quer dizer espaço azul e infinito?

— Mas, perdão, que pensas deste mundo? Que cousa é o mundo?

— O mundo, redarguiu o canário com certo ar de professor, o mundo é uma loja de belchior, com uma pequena gaiola de taquara quadrilonga, pendente de um prego; o canário é senhor da gaiola que habita e da loja que o cerca. Fora daí, tudo é ilusão e mentira.

Nisto [...] o velho [...] veio a mim, arrastando os pés. Perguntou-me se queria comprar o canário [...]

Paguei-lhe o preço, mandei comprar uma gaiola vasta, circular, de madeira e arame, pintada de branco, e ordenei que a pusessem na varanda da minha casa, donde o passarinho podia ver o jardim, o repuxo e um pouco de céu azul.

Era meu intuito fazer um longo estudo do fenômeno, sem dizer nada a ninguém, até poder assombrar o século com a minha extraordinária descoberta. Comecei [...] por estudar [...] os sentimentos estéticos do bicho, as suas ideias e reminiscências [...] Conversávamos longas horas, eu escrevendo as notas, ele esperando, saltando, trilando.

— Estão percebendo? — deteve-se Carolina — O canário virou mestre do Macedo. Como aqueles mestres de filosofia da Grécia Antiga, que transmitiam seus pensamentos aos discípulos, oralmente, passeando com eles ao ar livre e conversando sobre questões como "o que é o mundo?", por exemplo. Os discípulos é que tomavam notas, depois.

— Mas por que Machado foi dar um papel desses a um canário? — inquietou-se Rosana.

— Bem — raciocinou Carolina —, ele costumava brincar de dar respostas disparatadas a questões sérias. E de botar no papel de filósofo personagens que ninguém conseguia saber se estavam falando sério, e expressando mesmo os pensamentos de Machado, ou se Machado estava debochando. Fez isso em *Memórias póstumas de Brás Cubas*, no qual um tal Quincas Borba fica sempre entre a loucura e a sabedoria. O diabo é que ele faz a coisa tão convincente.

— ... Que ninguém mata a charada! — entendeu Rosana.

— Isso. Quincas Borba acaba virando guru do personagem principal, Brás Cubas, e reaparece num outro romance, que tem agora como título *Quincas Borba*. Mas, daí, ele tem um cachorro que também se chama Quincas Borba. Então, ninguém pode dizer se o título se refere ao cachorro ou ao seu dono, e...

— E o canário? — cobrou Lucas.

— E o tal do Macedo? — quis saber Zé Henrique. — Estou começando a achar que esse cara se meteu numa baita confusão, coitado!

— Bem, o Macedo... — disse Carolina, retornando os olhos para o livro.

Não é mister dizer que dormia pouco, acordava duas e três vezes por noite, passeava à toa, sentia-me com febre. Afinal tornava ao trabalho, para reler, acrescentar, emendar. Retifiquei mais de uma observação, — ou por havê-la enten-

dido mal, ou porque ele não a tivesse expresso claramente. A definição do mundo foi uma delas. Três semanas depois da entrada do canário em minha casa, pedi-lhe que me repetisse a definição do mundo.

— O mundo — respondeu ele — é um jardim assaz largo com repuxo no meio, flores e arbustos, alguma grama, ar claro e um pouco de azul por cima; o canário, dono do mundo, habita uma gaiola vasta, branca e circular, donde mira o resto. Tudo o mais é ilusão e mentira.

— Quer dizer que o mundo não é mais a loja de objetos usados — observou Rosana. E ficou parada, pensando.

— E ele nem se lembra mais da loja, é isso? — perguntou Tina.

— Vamos seguir que a coisa se explica. Ou quase — disse Carolina.

Um sábado amanheci enfermo, a cabeça e a espinha doíam-me. O médico ordenou absoluto repouso; era excesso de estudo, não devia ler nem pensar, não devia sequer saber o que se passava na cidade e no mundo. Assim fiquei cinco dias; no sexto levantei-me, e só então soube que o canário, estando o criado a tratar dele, fugira da gaiola [...]

Padeci muito; felizmente, a fadiga estava passada, e com algumas horas pude sair à varanda e ao jardim. Nem sombra de canário. Indaguei, corri, anunciei e nada [...] quando me sucedeu visitar um amigo, que ocupa uma das mais belas e grandes chácaras dos arrabaldes. Passeávamos nela antes do jantar, quando ouvi trilar esta pergunta:

— Viva, Sr. Macedo, por onde tem andado que desapareceu?

— Ora — implicou Lucas — , quem desapareceu foi o canário!

— Shh! — fez o coro.

Era o canário; estava no galho de uma árvore. Imaginem como fiquei e o que lhe disse. O meu amigo cuidou que eu estivesse doudo; mas que importavam cuidados de amigos? Falei ao canário com ternura, pedi-lhe que viesse continuar a conversação, naquele nosso mundo composto de um jardim e um repuxo, varanda e gaiola branca e circular...

— Que jardim? Que repuxo?

— O mundo, meu querido.

— Que mundo? Tu não perdes os maus costumes de professor. O mundo — concluiu solenemente — é um espaço infinito e azul, com o sol por cima.

Indignado, retorqui-lhe que, se eu lhe desse crédito, o mundo era tudo; até já fora uma loja de belchior...

— De belchior? — trilou ele às bandeiras despregadas. — Mas há mesmo lojas de belchior?

— Dá para acreditar? — riu Alex. — Esse canário é que é doido!

— Como doido? — animou-se Rosana. — Ele é um canário. Acho que soa estranho chamar um canário de doido. Gente é doida. Mas um canário? E lembra o que o Caetano diz naquela letra: "de perto ninguém é normal"?

Alex soltou um muxoxo, ainda não convencido.

— Posso falar? — arriscou Luana. E Rosana, sua irmã mais velha, a fitou preocupada, como se quisesse segurá-la: *Olha a besteira que você vai dizer!* — Posso mesmo? — pediu mais uma vez a menina.

— Claro que pode! — disse Carolina. — Se for para a gente ficar com medo do que vai falar aqui, o Clube não tem sentido.

— Tá bem, então... achei que esse canário é desses que só enxergam o próprio umbigo. Ou melhor, no caso dele, o próprio bico! O que não está escancarado diante dele não existe. É o tal dono da verdade. O que os outros pensam, é tudo besteira, tudo mentira e ilusão. Um convencido! Falei, pronto!

E, mal acabou de falar, virou os olhos atrevidamente para o teto, para fingir ignorar a irmã.

— Você acha que ela tem razão, Carolina? — perguntou Tina.

— Pode ser — respondeu Carolina pensativa, avaliando o comentário de Luana. — Alguém mais concorda com ela?

— Mas está certo ou não, o que a Luana disse?

— Bem — disse Carolina —, a gente não precisa dar uma de canário, que só porque tem uma resposta anula todas as outras.

— Achei engraçado é que o tal Macedo fica doidinho com o canário — disse Alex. — Ele mesmo fala que o amigo pensou que estivesse "doudo". Taí, gostei do bicho.

— E por que o Macedo quase fica "doudo" com os caprichos do canário? — provocou Carolina.

— Ora, o jeito como o canário diz que é o mundo muda toda hora — arriscou Laura —, mas ele não se incomoda com isso. Nem percebe.

— Isso! — exclamou Luana. — Ele é feliz da vida! É bem... canário!

— Vai ver é isso que deixa o Macedo perturbado — acrescentou Laura, completando seu pensamento.

— Já li um comentário de uma grande estudiosa do Machado sobre esse conto que é mais ou menos isso — disse Carolina.

— Jura? — disse Laura. — Então a gente não tá falando tanta besteira.

— Ora — bloqueou Carolina —, já disse que estar aqui e deixar de dar opinião com medo de dizer besteira é que é uma besteira. E grossa! A gente tem de escutar o que cada um diz e ver o que tira daí. Aqui, ninguém é dono nem do certo nem do errado. Mas precisa pensar com o texto, ler, reler, pensar outra vez! Daí, que tal a gente pensar mais um pouco no encucado do Macedo, que se enrosca com as voações do canário?

— Também, quem manda ficar querendo saber de um canário o que é o mundo? — disparou Lucas.

— E quem manda achar que tem de definir de vez o que é o mundo? — puxou mais ainda Carolina.

— Hein? Como é? — cravou Rosana.

— Eu avisei! — reclamou Alex. — Esse Machado é um complicado!

— Não é! — replicou Carolina. — Ele contou a história de um canário e de um homem que conheceu esse canário. Tem um monte de contos de fadas sobre bichos que falam e de pessoas que conversam com eles. Se vocês quiserem, podem entender "Ideias do Canário" mais ou menos assim. Até hoje, pouca gente, mesmo quem estuda literatura, presta atenção nesse conto. Acho que é porque é divertido e se finge de despretensioso. Histórias divertidas eram raras na nossa literatura de então. Literatura era coisa *séria*. E *dramática*. Muita gente ainda acha isso. Ou quem sabe leem esse conto como uma fábula boba, uma história de fantasia alegrinha, mas sem conteúdo.

— Mas não é só isso! — protestou Luana. — Não pode ser!

— Como é que você sabe? — desafiou Carolina.

— Eu sinto que não é!

— Eu também, droga! — reclamou Alex, contrariado consigo. — Tem coisa aí!

— Arrá! — Carolina exclamou sonoramente, em triunfo. Todos arregalaram os olhos para ela. — Lamento informar, mas a tal birra com Machado de Assis pegou vocês!

• • •

Naquela noite, em seu quarto, Laura começou a escrever um conto.

Não era o primeiro que escrevia. Mas nunca mostrara seus contos para ninguém. Nem para o Juca.

Era talvez a única coisa dela que Juca não sabia. Ou talvez não fosse a única.

No seu conto, ela se imaginava sendo uma garota que descobriu, na casa onde morava sua avó, um lugar secreto. Nesse lugar, havia um livro, deixado pela avó para ela, e que continha segredos. E uma mesa, com objetos misteriosos em cima. No livro, havia a história de um canário. E um dos objetos sobre a mesa era uma gaiola. A gaiola do canário, isso a garota adivinhou tão logo acabou de ler o conto. Daí, foi até a mesa.

Incomodou-a ver a portinhola fechada, mesmo a gaiola estando vazia.

Ela abriu a portinhola. Deixou-a aberta.

E, ou foi o seu pensamento, então, ou a vozinha do canário invisível que lhe sussurrou uma fala que não estava no conto:

"Mundo, o que é o mundo? Que palavra é essa que quer dizer tanta coisa e por isso mesmo não diz nada? O mundo é uma coisa para cada pessoa. Uma coisa para cada momento de vida da pessoa... Ora, o mundo!"

Ora, o mundo!

Ao escrever isso, Laura pensou, muito em cima da discussão que tivera no Clube, que a mesma coisa acontecia com a palavra *amor*.

Que duas pessoas se amem; mas pode uma amar de um jeito, outra, amar de outro. E tem também que o amor que a gente sente muda: a vida muda, muda o amor.

Quando os dois falam "eu te amo" e, nisso, se encontram, é lindo.

Mas, às vezes, os dois falam "eu te amo" e acontece de, nessas palavras, ter só desencontro.

• 5 •

A decisão

Naquele domingo da final do campeonato, a primeira coisa que praticamente todos os habitantes de Colinas da Lua fizeram ao acordar foi escancarar a janela e dar o brado de guerra favorito da cidade:

— Dá-lhe, Juca! E dá-lhe Juca! É Gol! É Gol! É Gol!

Eram cornetas tocando, fogos de artifício lançados a todo instante, gente reunida nas esquinas falando alto sem parar, e não conseguindo ficar um instante parada. Colinas da Lua estava orgulhosa, embandeirada de verde e prata. Toda a garotada com a camisa igual à do Juca, a camisa 10. E, quando um grupo puxava o grito, toda a redondeza fazia coro:

— Dá-lhe, Juca! E dá-lhe Juca! É Gol! É Gol! É Gol!

Logo chegou a tarde, com a multidão enchendo o estádio, em euforia. Antes de começar a partida, Laura, muito embaraçada, foi trazida por Juca para o centro do gramado. Jucracaço queria fazer uma homenagem a sua namorada. Por isso, ela iria receber uma camisa 13, com o nome dela às costas, Inha, e nenhum outro jogador do time nunca mais usaria o número 13 na camisa.

Laura ficou enternecida. Mas não muito entusiasmada.

Deu um beijo de boa sorte em Juca, e ele disse:

— Promete que não vai ficar nervosa demais? Sei que você parece quieta, lá na arquibancada, mas se acaba de tanto torcer, por dentro. É isso que faz mal a você, sabia? Tenta gritar. Xinga um pouco.

— Mas... eu xingo — disse Laura.

— Jura? Nunca ouvi!

— Bom... bom jogo! — ela disse, e bateu em retirada.

A arquibancada já estremecia com o brado de guerra da cidade:

— E dá-lhe Juca! Dá-lhe Juca! É Gol! É Gol! É Gol!

O time visitante, os Gaviões da Barra, também era bom, bem-distribuído em campo. O que lhe faltava era um craque como o Juca.

Começou a partida, bandeiras verde e prata dominando as arquibancadas. E, logo aos dois minutos e meio, Juca roubou a bola na intermediária do ataque, bem ao seu estilo. A arquibancada se pôs de pé com um uivo coletivo, farejando a abertura do placar, e ele partiu como uma seta vertical em direção à meta adversária.

— E dá-lhe Juca! Dá-lhe Juca! É Gol! É Gol! É Gol!

Dois dos Gaviões avançaram para barrar o caminho de Juca, que não se perturbou: despachou a bola para a ponta, por onde já corria o Lico, caindo pela direita. Juca em três passadas já estava na área. De Lico para Arturzinho, invertendo todo o jogo para a esquerda, e Arturzinho cruzou pelo alto.

Juca subiu, testou enxuto, a bola bateu no chão que foi uma beleza e saltou diante do goleiro para encobri-lo. A arquibancada soltou um grito de agonia, ao mesmo tempo comemoração e dor, porque o goleiro, recuperando-se, saltou, socando a bola e mandando-a por cima da trave.

Seu Dorival, do banco, começou a reclamar de Juca, enquanto ele voltava para a defesa:

— Faltou força, Juca! Tem de pôr mais força nessa cabeçada!

O jogo já havia pegado fogo nem bem tinha começado. Seu Dorival olhou para cima, para a arquibancada, e bem onde haviam indicado que ele estaria, lá o encontrou:

"O olheiro!", pensou. Era um homem baixo, olhar tristonho, óculos de lentes grossas. E não parava de tomar notas. Não teve tempo para pensar mais no assunto porque o Selenos já atacava de novo, mandando-se todo à frente para cima do Gaviões da Barra.

Seu Dorival era um treinador ofensivo. No entanto, começou a se preocupar quando percebeu que o time estava avançando às cegas. Ao Gaviões, sabendo que não poderia enfrentar o Selenos de igual para igual, restava se defender, se fechar, tentar jogadas de contra-ataque. Quarenta e dois do primeiro tempo e Juca, bem marcado, já estava irritadíssimo, berrando, reclamando de todo mundo em campo.

Não adiantava seu Dorival, do banco, pedir calma, para trabalharem a bola, para atacarem mais distribuídos de modo a forçar que a defesa adversária se abrisse. Comandados por Juca em campo, o Selenos havia decidido que ia arrombar de frente a retranca do Gaviões. Seu Dorival ameaçava mandar meio time pro chuveiro, se não o obedecessem:

— O que deu em vocês, hoje? Que ansiedade é essa? Calma! Juca, segura o jogo. Cadê nosso toque de bola?

Daí, uma repetição do lance do começo do jogo.

— ... Dá-lhe, Juca! — gritou a torcida, despertando.

Quando o zagueiro viu Juca vindo para cima dele, e a bola sobrando entre os dois, armou o corpo para aguentar a trombada. O zagueiro do Gaviões não pipocou. Mas também não foi na maldade.

Algo na expressão do rosto de Juca, uma metade de segundo antes de ele entrar sobre o zagueiro, fez seu Dorival gritar:

— Sai da bola, Juca! Deixa! Sai da bola, seu maluco!

No que os dois dividiram a bola, o pé do Juca travou embaixo, o tornozelo virou, o joelho sentiu o reflexo e se torceu; e a pontada subiu até o quadril como uma broca. Juca berrou e, mais do que cair, desabou no chão.

A partida foi interrompida. Na beirada do gramado, seu Dorival começou a torcer as mãos. Tinha visto perfeitamente o lance. Previu o pior. Olhou de soslaio para a arquibancada e viu o olheiro, levantado, aguardando o desfecho.

"Eta, urubu experiente!", resmungou Dorival. "Já sabe no que vai dar!"

E, antes mesmo que o médico do clube lhe dissesse qualquer coisa, fez sinal para Adílio, reserva de Juca, começar a se aquecer.

Logo, a confusão se desfez em campo e a maca veio trazendo Juca, se contorcendo de dor, chorando. Na arquibancada, Laura se levantou e abriu caminho, empurrando todo mundo da frente. Tudo o que pensou é que precisava ficar junto do Juca. Ela ainda o encontrou soluçando.

No segundo tempo, o Gaviões cresceu para cima do Selenos. Foi um jogo espetacular. O Selenos mostrou bravura, o Gaviões idem, e a partida terminou empatada em 3 x 3, com dois gols de Arthurzinho pelo Selenos, outro de Lico. A decisão foi nos pênaltis: Selenos 5 x 4. O Selenos era o campeão juvenil da região.

Mas ninguém sentia muita vontade para comemorações em Colinas da Lua. Porque já tinha circulado a notícia de que Juca, "nosso Juquinha", para se recuperar da contusão, provavelmente teria de se submeter a uma, talvez duas cirurgias, e ficaria cerca de seis meses sem jogar futebol.

Já o olheiro, esse partiu em seu carro, logo depois do jogo, sem planos de retornar à cidade.

• 6 •

Perdas e festas

Entrei vestido de preto, fui mirado com curiosidade, mas tão outro ao pé dos meus condiscípulos, que me esqueceram as férias sem gosto, e achei uma grande alegria sem férias.

"Umas Férias"

— Bem, nesse conto, "Umas férias" — começou Rosana, que havia se oferecido para apresentar sua leitura —, a história fica toda em cima desse guri de dez anos de idade, o José. Ele está na escola, quando chega o tio, para pegá-lo. Já de ler sobre a conversa do tio com o professor a gente desconfia de alguma coisa... Mas a cena fica toda sendo contada pelo que o garoto vê, de longe. Ele não escuta o que o tio e o professor conversam, e a gente não fica sabendo também. Mas o clima é esquisito mesmo. Daí...

Tio Zeca foi ao mestre e falou-lhe baixo. O mestre fê-lo sentar, olhou para mim, e creio que lhe perguntou alguma cousa, porque tio Zeca entrou a falar demorado [...] até que o mestre, voltando-se para mim, disse alto:

— Sr. José Martins, pode sair.

— Achei muito estranho quando li esse pedaço — reclamou Luana. E, de bate-pronto, Rosana revirou os olhos para o lado, com uma careta de desagrado que dizia muito bem o que pensava da irmã. — Deixa de ser chata, Rosana! — esbravejou Luana. — A Carolina já disse que é pra dizer tudo que a gente quiser.

— Mas é bobagem! — resmungou Rosana.

— Peraí, eu quero escutar — disse Zé Henrique. — Fala, Luana.

Luana deu um lindo sorriso para Zé Henrique, e retomou o que dizia:

— É que eu acho estranho chamar um guri de dez anos de senhor. E com nome e sobrenome: José Martins.

— Bom — comentou Carolina —, isso diz para a gente que a escola era bem mais formal na época do que hoje em dia. Mas também tem a ver com um jeito de entender a criança, que é importante, e muito, nesse conto. Para começar, isso já era pra dizer a um menino de dez anos que ele não era visto como tão criança assim. Por outro lado, contraditoriamente, tratavam a criança como um "adulto pequeno". Olha que essa expressão é de Monteiro Lobato, o criador da Emília, do Sítio do Picapau Amarelo. Mas isso foi meio século depois. Na época de Machado, nossa!, nem se pensava num mundo infantil... na importância de uma criança brincar, de fantasiar, de *ser* criança! Criança era para se comportar, ou seja, para ir se habituando ao mundo e ao modo de vida dos adultos. Daí porque ele chama o menino de sr. Fulano.

— Então — Rosana retomou a leitura:

[...] Um chamado de casa, o próprio tio, irmão de meu pai [...] era naturalmente alguma festa [...] Na rua fui andando ao pé dele, amiudando os passos, e levantando a ca-

ra. Ele não me dizia nada, eu não me atrevia a nenhuma pergunta.

— Estão vendo? — apontou Carolina — Essa frase do menino diz bem o que era o jeito de antigamente de adulto e criança se tratarem. Vamos em frente.

— Dali — prosseguiu Rosana —, passam para pegar a irmã na escola. As duas crianças vêm na maior inocência, parando nas vitrines das lojas quando veem brinquedos, e sempre imaginando que estavam sendo levados para uma festa.

— Há de haver jantar grande...

— Com doce...

— Talvez dancemos.

[...] Íamos nessas conjecturas, quando tio Zeca nos disse que esperássemos; tinha parado a conversar com um sujeito.

Paramos à espera. A ideia da festa, qualquer que fosse, continuou a agitar-nos, mais a mim que a ela. Imaginei trinta mil cousas [...]

Nisto estávamos, quando vimos tio Zeca e o desconhecido ao pé de nós. O desconhecido pegou-nos nos queixos e levantou-nos a cara para ele, fitou-nos com seriedade, deixou-nos e despediu-se.

— Taí — bufou Alex. — Depois que descobri o que havia acontecido, fiquei com raiva dessa ida toda pra casa. Você disse que criança era tratada como adulto. Só que aí estão sendo tratados como bichinhos de estimação, incapazes de entender coisa nenhuma. Puxa, ninguém diz a eles o que aconteceu!

— Falei "adulto pequeno", lembra? Nem adulto nem criança. Aliás, eu, não, o Lobato. Um adulto imperfeito. Não uma cabeça diferente, uma visão diferente do mundo, em que entra brincadeira, fantasia; mas uma compreensão reduzida, pequena, a ser moldada. Posta no molde para crescer direito.

— Mas dá raiva! Vão jogar os dois numa péssima, sem aviso!

— Olha — interveio Laura, hesitando primeiro, depois falando também com uma ponta de raiva: — Acho que é só covardia!

— Como assim? — estranhou Tina.

— Sei lá. Eles não têm coragem de contar. Ficam deixando as crianças no escuro, mas no fundo isso é medo. Esse tio covardão, por exemplo. Tá com medo de ser ele quem vai contar. Vai ver querem que as crianças acabem entendendo sozinhas. Ia poupar tanta chateação! Daí, vão dando uma dica atrás da outra. Se fosse pra proteger, não faziam isso! As crianças estão crentes que é uma festa, coitadas!

— Tá — aceitou Carolina. — Mas, antes de começar a torcer contra os adultos, vamos até o final do conto. Rosana...

— Logo a seguir, eles encontram um casal montado em burros. E a cena se repete. O tio deixa as crianças de lado, vai conversar com o casal, muitos olhares de pena. Dali, vão para casa.

A casa ficava na rua próxima, perto da esquina. Ao dobrarmos esta, vimos os portais da casa forrados de preto, — o que nos encheu de espanto. Instintivamente paramos e voltamos a cabeça para tio Zeca. Este veio a nós, deu a mão a cada um e ia dizer alguma palavra que lhe ficou na garganta [...]

— Tadinhos deles! — exclamou Laura, sinceramente sentida.

— A Inha tem razão — disse Alex. — Se era para não causar um choque nos guris, por que deixar eles serem recebidos na porta de casa por panos pretos?

— Gente — objetou Lucas —, olha o exagero... Até hoje em dia podia acontecer isso. O tio ficou sem coragem, mas a mãe vai contar logo a seguir.

— E do pior jeito do mundo! Sem cuidado nenhum! — protestou Laura.

Dentro, ao pé da cama, estava minha mãe com a cabeça entre as mãos. Sabendo da nossa chegada, ergueu-se de salto, veio abraçar-nos entre lágrimas, bradando:

— Meus filhos, vosso pai morreu.

[...] Morto como? Morto por quê? Estas duas perguntas, se as meto aqui, é para dar seguimento à ação; naquele momento não perguntei nada a mim nem a ninguém. Ouvi as palavras de minha mãe, que se repetiam em mim, e os seus soluços que eram grandes. Ela pegou em nós e arrastou-nos para a cama, onde jazia o cadáver do marido; e fez-nos beijar-lhe a mão. Tão longe estava eu daquilo que, apesar de tudo, não entendera nada a princípio; a tristeza e o silêncio das pessoas que rodeavam a cama, ajudaram a explicar que meu pai morrera deveras [...] não era festa [...]

— Tão vendo? É uma brutalidade em cima da outra. E nenhum papo, nenhum cuidado com eles — lamentou Laura.

Tina estava pensativa, e logo comentou:

— É bem aí que eu vejo a diferença entre épocas. Acho que hoje em dia mesmo um moleque de dez anos não ia engolir as perguntas como esse menino fez... Ia querer saber!

— Gente, olha a precipitação! — E Carolina balançou a cabeça, preocupada, depois pediu: — Atenção, agora. Até aqui é a situação sendo colocada, mas agora é que o personagem do menino vai se revelar. Rosana, por favor, continua...

[...] Que essa queda de um sonho tão bonito fizesse crescer a minha dor de filho não é cousa que possa afirmar ou negar; melhor é calar. O pai ali estava defunto, sem pulos, nem danças, nem risadas, nem bandas de música, cousas todas também defuntas. Se me houvessem dito à saída da escola por que é que me iam lá buscar, é claro que a alegria não houvera penetrado o coração, donde era agora expelida a punhadas.

[...]

Lá iam meu pai e as férias! Um dia de folga sem folguedo!

— O que não dá pra acreditar — riu-se Lucas — é que o moleque ainda está pensando em brincar...

Laura lançou um olhar pesado sobre Lucas. O garoto estranhou, logo ela, que nunca brigava. De repente percebeu que Tina e Luana também o estavam encarando. "Epa!", pensou, "Não tô agradando nadinha!".

Rosana prosseguiu:

[...] Oito dias de nojo [...] Eu também chorava; não via meu pai às horas do costume, não lhe ouvia as palavras à mesa ou ao balcão [...] Minha mãe vivia calada. Quase que só falava às pessoas de fora. Foi assim que eu soube que meu pai morrera de apoplexia. Ouvi esta notícia muitas vezes; as visitas perguntavam pela causa da morte, e ela referia tudo,

a hora, o gesto, a ocasião: tinha ido beber água, e enchia um copo, à janela da área.

— Puxa! é mesmo esquisito — comentou Zé Henrique. — Falam na frente dos guris, como se não estivessem ali. Mas não dizem nada para eles.

— Bom, daí, a coisa vira de novo — explicou Rosana. — Porque o menino começa a insistir com a mãe para voltar logo para a escola. E a mãe não entende que cisma era essa.

[...] sabendo que eu não gostava de aprender, como entenderia a emenda? [...] Em verdade, eu não folgava, se lerdes isto com o sentido de rir. Com o de descansar também não cabe, porque minha mãe fazia-me estudar, e, tanto como o estudo, aborrecia-me a atitude. Obrigado a estar sentado, com o livro nas mãos, a um canto ou à mesa, dava ao diabo o livro, a mesa e a cadeira. Usava um recurso que recomendo aos preguiçosos: deixava os olhos na página e abria a porta à imaginação. Corria a apanhar as flechas dos foguetes, a ouvir os realejos, a bailar com meninas, a cantar, a rir, a espancar de mentira ou de brincadeira [...]

Uma vez, como desse por mim a andar na sala sem ler, minha mãe repreendeu-me, e eu respondi que estava pensando em meu pai. A explicação fê-la chorar, e, para dizer tudo, não era totalmente mentira [...]

— Nem totalmente verdade! — cobrou Alex. — O moleque não é fácil!

— Ele é um menino, droga! — exclamou Tina.

— Ah, é? Tadinho, inocente? E a onda dele, ao voltar para a escola?

— O guri estava encarcerado em casa, sem ninguém para conversar sobre o que tinha acontecido nem sobre coisa nenhuma! — berrou Tina, escarlate de raiva.

— Ei, vocês dois! — bronqueou Rosana. — Por que um não tasca um beijo logo no outro e deixam a briga lá pra fora?

— Como é? — exclamaram os dois, irritados, cada qual sentado em seu lugar de costume, em pontos diametralmente opostos do círculo.

— Gente — chamou Carolina —, vamos continuar!? Está acabando.

A missa do sétimo dia restituiu-me à rua; no sábado não fui à escola, fui à casa de meu padrinho, onde pude falar um pouco mais, e no domingo estive à porta da loja. Não era alegria completa. A total alegria foi segunda-feira, na escola. Entrei vestido de preto, fui mirado com curiosidade, mas tão outro ao pé dos meus condiscípulos, que me esqueceram as férias sem gosto, e achei uma grande alegria sem férias.

— Tá vendo? — exclamou Alex, com o rabo do olho pregado em Tina. — Ele ficou popular por causa da morte do pai e tá adorando o lance!

Em vez de replicar, Tina jogou a caneta na cabeça dele.

— Antes de a gente quebrar pau, julgar e condenar — advertiu Carolina —, queria falar umas coisas sobre esse conto. Como todos os contos de Machado de Assis, "Umas férias" foi publicado primeiramente em um jornal. Machado de Assis o deu em livro em *Relíquias da casa velha*, de 1906. Foi seu último livro de contos e há quem diga que é o melhor. Mas, para mim, importa é destacar que Machado era um autor muito requisitado pelos jornais e revistas. Isso mostra mais uma vez que, apesar de se fazer muita onda sobre a complicação de suas obras, ele era um dos escritores mais populares da sua época. Ora, a gente pode fazer uma leitura complexa de Machado, se quiser, e acho que não tem escritor mais estudado na Literatura brasileira. Cada um que escreve sobre ele tenta uma interpretação mais criativa, mais elaborada, usando diferentes teorias e pontos de vista. Mas a complicação, então, não está no texto dele. Está na possibilidade de tantas interpretações diferentes e até mesmo discordantes. Agora, sobre "Umas férias", este é um conto muito especial. O que vocês vão achar se eu disser que esse menino do conto é, na prática, avô da Emília...?

— Aquela do Sítio do Picapau Amarelo? — quis confirmar Rosana.

— Essa mesma, a dona Marquesa de Rabicó! Só não digo que "Umas férias" é o primeiro conto infantil da Literatura brasileira porque o próprio Machado publicou outro, antes, semelhante. Meu favorito é "Umas férias", este conto é uma raridade! E não foi à toa que falei tanto em criança, hoje.

Carolina se deteve um instante, satisfeita, pensando como diria o que tinha em mente. E prosseguiu:

— Tudo o que já disse sobre crianças, na cultura brasileira do século XIX, e na verdade até meados do século XX, sem questionamento, está bem representado no ditado popular: "Criança é para ser vista, não ouvida!".

O pessoal se remexeu irritado, nas cadeiras. Carolina continuou:

— Vocês percebem o que se esperava do menino, naquela cena, em que a mãe conta às visitas como o pai morreu? Ninguém tinha tido o cuidado de pegá-lo num canto e contar tudo, especialmente para ele. De cuidar de como aquela criança estava entendendo a morte do pai, o que estava sentindo. E, muito importante, o guri também não perguntou nada; aceitou a exclusão como se fosse correta. Já diante das visitas, nem se importaram que ele estivesse escutando. Reparem... Criança não contava. Criança era parte da família. Só existia na família, mas não como indivíduo. Daí, a família estava de luto, mas quem pensava que a criança poderia sentir de um modo dela, aquele ser, aquela pessoa? Que precisasse de atenção especial? Não se pensava nisso! Aliás, se bem me lembro, crianças dificilmente aparecem na literatura de até então. Não têm função, numa trama.

— Tem o peste do Leonardo no *Memórias de um sargento de milícias* — lembrou Rosana. — Li no começo do ano para o colégio.

— Boa! E o autor, o Manuel Antonio de Almeida, foi amigo do Machado! Mas, no geral, criança só aparecia de enfeite, para compor cenário. Isso só vai mudar mesmo com os personagens de Lobato, décadas depois. Daí, Emília e os outros pica-paus tomam conta da história, como este menino do “Umas férias”. Neste conto, a criança é o protagonista, o personagem principal. “Umas férias” só tem razão de ser para revelar o ponto de vista dela. E assim esse menino se torna um indivíduo, uma criatura complexa. E, sem desconto, na situação mais crítica dessa família. O conto mal se ocupa da mãe, do pai... Fica quase exclusivamente no menino. É dele a voz, o tempo todo. Ele é ouvido! Por isso, repito, esse conto é uma raridade!

— Ou seja — admirou-se Zé Henrique —, esse Machado é do contra!

— Zé Henrique, o negócio dele é fazer boa literatura. Ele torna o menino um personagem que ao mesmo tempo está triste e desnorteado com a perda do pai... E frustrado porque não pode brincar. Sentindo-se encarcerado pelos dias de luto. Aborrecido porque afinal não aconteceu a festa com que sonhou. E, finalmente, satisfeito com a admiração dos colegas de escola. É um personagem com uma vida íntima, e que esconde conflitos dentro de si. Sentimentos e vontades, desejos e impulsos, que brigam entre eles. Coisas que a gente sente e jamais confessa. Depois se arrepende, mas na hora sente e pronto! Que jeito? Sentimentos contraditórios! Daí...

E Carolina percorreu de novo a turma com um olhar maroto.

— Antes de a gente julgar, antes de sair à caça do bom e do mau, vamos compreender isso: sentimentos contraditórios. Quem nunca teve um anjo e um diabo batendo boca dentro de si? E os dois com a nossa carinha, a mesma carinha! Quem nunca teve alguém de quem gostava, mas com quem estava magoado? Então, como ler literatura pode sempre ser uma experiência de vida, quem sabe assim a gente ganhe uma pista para descobrir por que a Tina e o Alex não se beijam de uma vez, em vez de se pinicarem tanto. E por que a Luana e a Rosana se pegam o tempo todo.

Houve gritos de protesto dos mencionados... e muita, muita discussão rolando, a seguir, até Carolina anunciar:

— Gente, o próximo conto é "A segunda vida"! Preparem-se para serem pegos numa armadilha!

— Como assim? — ressabiou-se Tina.

— O *como* e o *assim* vocês me contam semana que vem.

• • •

À noite, em seu quarto, Laura fez a garota se levantar da poltrona de leitura, ir até a mesa no centro do ático e tocar — na verdade, acariciar com a ponta dos dedos — a gravatinha do traje de luto de criança. Era o objeto correspondente ao "Umas férias", que acabara de ler. Daí, sorriu para o menino que não estava ali e, em sua cabeça, ressoou uma cantilena emaranhada...

contraditórios sentimentos contraditórios sentimentos contraditórios sentimentos contraditórios sinto senti mentos contra ditórios sentimen ti mentos contra sentimentimentos, meus sentimentos, eu, eu, eu... jucraditórios sentimentimentos traditori ti ti juca traditores traidores senti traidaetraidoresentimentimentoscontrajucatórios sen ti men tos senmentitos... meus contrasentimentos meus... eucontraeu: juca... Sentimentos Contraditórios.

... que por lá ficou, ainda, quando fechou os olhos e aos poucos adormeceu.

• 7 •

Não poder, não querer

No dia seguinte, Laura esbarrou com Tônia na saída do colégio. Tinha um montão de gente em volta dela. Logo a Tônia, que sempre a olhara de um jeito atravessado (e atravessante). Quis desviar-se, escapar, mas travou. E, na travada, Tônia aproveitou para chegar junto, e disse:

— Você, né, Inha... A gente não dando nada, achando você meio boba. Que nada! Está levando a coisa direitinho. Parabéns!

Achou que não escutara muito bem. Do que Tônia estava falando?

— Que “coisa”?

— Puxa! Vai fingir que não sabe?

— Do quê?

— Meu Deus! — exclamou Tônia, o mais alto que pôde, para sua plateia. — É pior do que eu pensei. Ela não está fingindo que não sabe! Ela não sabe! Uau! Coitada dela! O Juca já de contrato assinado no Rio, e ia chutar a pobre sem contar coisa nenhuma!

Foi uma risada geral. E Tônia continuava, explicava, repetia.

Quando Laura abriu os olhos de novo, estava diante de Juca.

No quarto dele. Entrara escancarando de supetão a porta.

Ele estava assistindo a tevê, sobressaltou-se. Olhando para ela, adivinhou. Laura estava chorando. Soluçando, o corpo estremecendo. Uma dor sem tamanho nos olhos, no rosto.

Juca disse que foi só para protegê-la, para ela não ficar aflita, pensando que o namoro ia acabar. Não ia. Nunca. Iam continuar juntos, como sempre foi...Ora, mas é que aconteceu tão antes do que esperavam, daí... Ora! Ele a conhecia, o jeito dela, o pânico em que ela entrava às vezes, não era verdade? Ele só ficou pensando em como ia contar. Ia contar, claro. Na hora certa.

A garota ficou olhando para ele, a dor cada vez mais funda, mais ferida.

— Mas, eu me machuquei e... daí ia contar o quê? Que *quase* aconteceu? Pra quê? Não tem mais nada a ver, agora. Não tenho mais contrato, nem...

Laura escutou até o fim. Depois voltou-lhe as costas, foi embora.

Não estava mais chorando. Mas triste. De querer quase morrer.

• 8 •

A voz da experiência

... morri no dia vinte de março de 1860,
às cinco horas e quarenta e três minutos.
"A segunda vida"

Para quem reparasse direito, havia novidades no grupo.

A primeira é que Alex e Tina estavam sentados um do lado do outro.

Não se olhavam, não se diziam nada. Pareceria como se tivessem vindo dar naqueles lugares por acaso, por serem as últimas cadeiras sobrando (e não eram!) no círculo, quando chegaram, algo assim.

A outra diferença não era tão chamativa. Era Luana quem se preparava para conduzir a leitura, desta vez. Só que ela, antes de começar (e Laura entrou justamente nesse momento), toda compenetrada e nervosa, voltou-se para o lado, olhando bem nos olhos da irmã. Rosana sorriu, de pronto, em resposta, um sorriso amigo, e mandou uma piscadela para Luana, que então engatou a voz, com um brilho feliz no rosto.

— "A segunda vida" começa quando um padre, monsenhor Caldas, recebe uma visita de surpresa. Logo que o sujeito, que se chama José Maria, começa a falar, o padre fica desconfiado de que ele é um louco!

— Desconfiado, só? O cara é louco! — grunhiu Alex.

— Shhh! — fez todo mundo, e Luana prosseguiu:

— Daí, ele conta ao monsenhor Caldas...

— Como ia dizendo a Vossa Reverendíssima, morri no dia vinte de março de 1860, às cinco horas e quarenta e três minutos [...] Fui subindo, subindo [...] Entrei daí a pouco no novo sol, que é o planeta dos virtuosos da terra. [...] Lá dentro é que soube que completava mais um milheiro de almas; tal era o motivo das festas extraordinárias que me fizeram, e que duraram dois séculos, ou, pelas nossas contas, quarenta e oito horas. Afinal, concluídas as festas, convidaram-me a tornar à terra para cumprir uma vida nova; era o privilégio de cada alma que completava um milheiro [...] uma lei eterna [...] declarei que me era indiferente nascer mendigo ou potentado, com a condição de nascer experiente [...]

— Ora — interrompeu Luana —, o tal monsenhor nunca havia visto o sujeito na vida. José Maria chegara de repente e, mal havia se sentado, começou a contar da morte dele. O monsenhor ficou assustado, claro, ainda mais porque José Maria tinha uns tiques de irritação muito fortes. Quando o padre se convenceu de que ele era pirado, se levantou e, muito na surdina, discretamente, foi pedir ao criado da casa que chamasse a polícia. Quando voltou, José Maria continuou sua história...

— Renasci em cinco de janeiro de 1861. [...] Mamava pouco; chorava o menos que podia para não apanhar pancada. Comecei a andar tarde, por medo de cair [...] Correr e rolar, trepar nas árvores, saltar paredões, trocar murros, cou-

sas tão úteis, nada disso fiz, por medo de contusão e sangue. Para falar com franqueza, tive uma infância aborrecida [...] Creia que durante esse tempo não escorreguei, mas também não corria nunca. Palavra, foi um tempo de aborrecimento [...] Cresci; fiz-me rapaz, entrei no período dos amores [...]

— Um dia, foi convidado para o que ele chamou de "ceia de rapazes e mulheres". Acho que era o nome para uma farra daquelas. O caso é que os amigos mal puderam acreditar quando ele aceitou o convite. Mas...

Comidas, vinhos, luzes, flores, alegria dos rapazes, os olhos das damas, e, por cima de tudo, um apetite de vinte anos. Há de crer que não comi nada? A lembrança de três indigestões apanhadas quarenta anos antes na minha primeira vida, fez-me recuar. Menti dizendo que estava indisposto. Uma das damas veio sentar-se à minha direita, para curar-me; outra levantou-se também, e veio para a minha esquerda, com o mesmo fim. Você cura de um lado, eu curo de outro, disseram elas [...] Confesso-lhe que fiquei com medo e retraí-me. Elas fizeram tudo, tudo; mas em vão. Vim de lá de manhã, apaixonado por ambas, sem nenhuma delas, e caindo de fome [...]

— Mas é mesmo muito esquisito, esse cara! — reclamou Lucas.

— Gozado — lembrou Alex —, quando estava lendo, fiquei pensando que toda hora a gente escuta alguém dizendo que "eu queria renascer com a experiência que tenho hoje". Taí um panaca contando que teve esse pedido atendido. Só que se danou. Em vez de aproveitar a experiência de vida para fazer mais, serviu só para ele fazer menos! Toca em frente, Luana.

— Tem uma hora que o José Maria se compara a alguém acorrentado ao próprio cadáver...

— A vida anterior dele, né? — quis confirmar Tina, olhando para Carolina, mas a bibliotecária não passou recibo e deixou o papo seguir.

— Ora, tem de ser isso mesmo — disse Luana. — Mas é a imagem seguinte que eu acho mais legal. E o José Maria também preferiu esta. Foi o monsenhor que sugeriu que o José Maria seria que nem um grande pássaro, preso a alguma coisa, amarrado pelos pés. Daí, tendo escutado isso...

José Maria ergueu-se, agitando os braços, à maneira de asas [...] Continuou a agitar os braços, em pé, defronte do padre, e a dizer que era isso mesmo, um pássaro, um grande pássaro... De cada vez que batia os braços nas coxas, levantava os calcanhares, dando ao corpo uma cadência de movimentos, e conservava os pés unidos, para mostrar que os tinha amarrados. Monsenhor aprovava de cabeça; ao mesmo tempo afiava as orelhas para ver se ouvia passos na escada [...]

— Um pássaro, um grande pássaro. Para ver quanto é feliz a comparação, basta a aventura que me traz aqui, um caso de consciência, uma paixão, uma mulher, uma viúva, D. Clemência. Tem vinte e seis anos, uns olhos que não acabam mais [...]

— Lindo isso! — sorriu Zé Henrique. — "Uns olhos que não acabam mais". A gente nem sabe direito o que é, mas é... Se for querer interpretar, estraga!

Luana retomou animada a leitura:

Uma noite, no patamar da escada, trocamos o primeiro beijo [...] saí dali tonto, desvairado, com a imagem de Clemência na cabeça e o sabor do beijo na boca. Errei cerca de duas horas, planeando uma vida única; determinei pedir-lhe a mão no fim da semana, e casar daí a um mês. Cheguei às derradeiras minúcias [...] Entrei em casa depois de meia-noite, e toda essa fantasmagoria voou como as mutações à vista nas antigas peças de teatro. [...]

Considerei, no momento de despir o colete, que o amor podia acabar depressa; tem-se visto algumas vezes. [...] Também podia vir uma crise, duas crises, falta de dinheiro, penúria, doenças; podia vir alguma dessas afeições espúrias que perturbam a paz doméstica... Considerei tudo e concluí que o melhor era não casar. O que não lhe posso contar é o meu desespero; faltam-me expressões para pintar o que padeci nessa noite... [...]

— Sabe de uma coisa? — resmungou Tina. — Esse cara é um chato! Tem medo de viver, medo de gostar de alguém. E ainda vai aprontar horrores para cima da Clemência. Ele é um... um...

[...] José Maria continuou a história, dizendo que deixou de ir à casa de Clemência, durante seis dias, mas não resistiu às cartas e às lágrimas. No fim de uma semana correu para lá, e confessou-lhe tudo, tudo. Ela ouviu-o com muito interesse [...]

— E não achou o cara maluco? Decidiu encarar assim mesmo? — estranhou Lucas. — Não acredito! Eta amor cego!

Carolina ficou se mordendo. Tinha mil coisas para dizer, mas sentia cada vez mais forte que deveria deixar a garotada discutir sozinha, nesse momento de releitura em conjunto, até para que a interpretação dela do conto não abafasse as deles. Por um instante, sua atenção cravou-se em Laura, que tinha os olhos fundos, o rosto distante... Ficou se perguntando o que tinha acontecido. "Um rosto de amor que de supetão deixou de ser cego", pensou.

[Clemência] quis saber o que era preciso para acabar com tantas cismas, que prova de amor queria que ela lhe desse [...]

— Está disposta a fazer-me um grande sacrifício? [...] "Pois bem, rompa com tudo, família e sociedade; venha morar comigo; casamo-nos depois desse noviciado".

[...] Os [olhos] dela encheram-se de lágrimas; mas, apesar de humilhada, aceitou tudo. [...] sou um monstro.

— Ainda bem que ele sabe! — reclamou Tina. — A Clemência vai ficar inteiramente na mão dele. Ainda mais naquela época, ir morar junto sem casar. O que sobrava para ela fazer da vida, se não desse certo?

— Não sobrava nada! — respondeu Luana, continuando a seguir:

— [...] No dia seguinte, recebi uma carta tarjada de preto; era a notícia da morte de um tio meu, em Santa Ana do Livramento, deixando-me vinte mil contos. Fiquei fulminado. "Entendo, disse a Clemência, você sacrificou tudo porque tinha notícia da herança". Desta vez; Clemência não chorou, pegou em si e saiu. Fui atrás dela, envergonhado, pedi-lhe perdão; ela resistiu [...] foi tudo em vão; Clemência não cedia nada, não falava sequer. Então declarei-lhe que me

mataria; comprei um revólver, fui ter com ela, e apresentei--lho: é este.

Monsenhor Caldas empalideceu. José Maria mostrou-lhe o revólver, durante alguns segundos, tornou a metê-lo na algibeira [...]

— Bom, a Clemência voltou para ele — falou Luana. — E, ao contar isso ao Monsenhor Caldas, lá ficou o José Maria de novo, batendo os braços como o tal pássaro amarrado pelos pés. O Monsenhor ficava cada vez mais apavorado, e nada de seu criado voltar, pela escada, com a polícia. Só que a cabeça do José Maria, em sua vida de casado, ia piorando. Ele não conseguia comer fruta nenhuma, com medo de estar bichada e o verme entrar na boca dele. Não dava um jantar, com medo de os convidados, depois de saírem, ficarem falando mal. E vivia aterrorizado de ter "um filho cego ou surdo--mudo, ou tuberculoso, ou assassino". Então, certa noite, teve um sonho...

— Sonhei que o diabo lia-me o Evangelho [...] escancarando uma formidável gargalhada [...] Era uma gargalhada assim: cá, cá, cá, cá, cá...

José Maria ria à solta, ria de um modo estridente e diabólico. De repente, parou; levantou-se, e contou que, tão depressa abriu os olhos, como viu a mulher diante dele, aflita e desgrenhada. Os olhos de Clemência eram doces, mas ele disse-lhe que os olhos doces também fazem mal. Ela arrojou--se-lhe aos pés... Neste ponto a fisionomia de José Maria estava tão transtornada que o padre, também de pé, começou a recuar, trêmulo e pálido. "Não, miserável! não! Tu não me fugirás!" bradava José Maria investindo para ele. Tinha os olhos esbugalhados, as têmporas latejantes; o padre ia re-

cuando... recuando... Pela escada acima ouviu-se um rumor de espadas e de pés.

— Coitada da Clemência! — lamentou Tina.

— Coitado do Monsenhor também — disse Lucas.

— E se fosse verdade? — disparou, sem mais se segurar e em voz alta, Carolina. A garotada arregalou os olhos. — Juro que não fiquei doida também. Raciocinem: e se a história do José Maria não fosse o delírio que o Monsenhor Caldas pensou? E se o personagem de fato tivesse ganhado uma segunda vida? E se a perturbação do José Maria resultasse dessa experiência?

— Em vez de ele estar inventando essa história por ser perturbado? — quis checar Rosana.

— Isso — confirmou Carolina. — E aí?

Um segundo de silêncio, dois... dez... E Rosana então falou:

— Daí, muda toda a história. Para começar, ele não seria tão crápula assim. Ler o conto assim, faz com que ele... — e a garota deixou escapar: — Coitado!

— Pois é — reforçou Carolina. — Admitir essa possibilidade dá para a gente, como se fosse, no mínimo, duas histórias diferentes em uma. Numa, os delírios de um louco. Noutra, um homem que perdeu a razão por viver uma experiência que enlouqueceria qualquer ser humano. Qual delas é a correta?

Laura, como se acordasse lá de suas tristezas, murmurou:

— Depende.

— É o que eu também acho... — disse Carolina. — Querem saber? Acho que o Machado de Assis se divertia montando essas perguntas sem resposta. Faz isso várias vezes em sua obra. Vejam, José Maria é quem conta a sua experiência de morte e reencarnação. Não há outras testemunhas disponíveis para confirmar nem para negar. Claro, a gente pode não acreditar, se alguém chegar com uma história dessas pra um de nós. Mas, aqui, vale o que está no conto. Realidade aqui, só a contada. Ele diz que reencarnou. Será?

Carolina não conseguiu reprimir um risinho olhando os rostos da garotada, todos meio que tortos, pensando...

— Ora, não se vive hoje em dia falando em interatividade? Esse conto é uma perfeição no assunto. Quem decide que história está lendo é o leitor. Foi essa maravilha que o Machado compôs, aqui, há mais de cem anos! Deixa eu dizer uma coisa...

E dessa vez Carolina arrumou a ideia na cabeça, antes de falar.

— Especialistas em literatura acham a delícia das delícias uma construção dessas, que mantém a história na corda bamba, sem falhas. Sem tocar o pé no chão nem de um lado nem de outro. Machado não apenas envenena a linguagem e compõe como ninguém bons personagens. Ele também é um gênio na construção de narrativas, do jeito de contar a história!

— Mas — Lucas não se conformava — a gente fica assim sem descobrir a verdade? O que é que o autor quis dizer?

— Nunca se sabe. Mas o que ele disse foi um belo de um... depende!

— Mas, e aí? Não acredito que o cara armou uma arapuca dessas pra gente. Se cair a interpretação desse conto numa prova, a gente se lasca!

— Lucas, arapuca é confiar de pés juntos nessa coisa chamada verdade. E não apenas em ficção. Verdade depende de quem e como conta. Não sei o que o Machado quis dizer. Mas sinto que a Literatura diz pra gente a todo instante para desconfiar de tudo o que se diz verdade! Literatura é mais do que uma prova. É uma experiência de vida. É assim que ela entra na vida da gente.

Carolina aguardou que os resmungos inconformados de Lucas e os sorrisinhos de Alex serenassem. As reações eram as mais diversas. Rosana estava com o rosto tão contraído que parecia um ponto de interrogação. Zé Henrique olhava desconfiado para uns e outros. Já Luana, Tina e, principalmente, Laura estavam com uma carinha que, como pensou Carolina, deveria ser a dos pássaros, mal saem dos ovos, quando suas mães lhes contam que, um dia, poderão voar.

— Por outro lado, se a verdade não está escancarada, olha que legal. Aí é que podemos encontrá-la.

— Como? — exclamaram em coro, praticamente todos, cada um com sua entonação correspondente.

— Na leitura que a gente faz. O autor está sempre longe. Ou está morto. E quando a gente lê não está lendo um autor, sua alma, mas o que ele escreveu. E criou. Nem mesmo o autor é dono da história. Quando a solta no mundo, não dá para achar que pode controlar as leituras. Não dá para impedi-la de ganhar vida própria. Se tentar, nem sequer escreve. Fica paralisado, como o José Maria. A interpretação não existe enquanto a gente não a faz. Depende de como se lê a história. E como se lê depende do momento da pessoa, de como ela é, do que ela já leu e do que compara com o que está lendo. A história se torna nossa. Sempre. Cada olhar enxerga e conta uma história diferente. É nossa a responsabilidade. E também nosso direito de leitor. Olha, ninguém precisa engolir o que estou dizendo. Mas pensem nisso! Alguém acha que o José Maria era um doido? Ou acha que há a possibilidade de ele ter tido mesmo uma segunda vida? Raciocinem com o que está no conto, argumentem. Toda interpretação é válida, se for bem fundamentada.

Carolina ainda aguardou o zum-zum se assentar, e depois disse:

— Na próxima semana, é o "Missa do galo". Vão lendo, até lá, só para ver como Machado dá um jeito de dizer tudo sem falar nada! O conto é como um combate. Entre dois personagens. Com direito a um espetacular assalto final!

• • •

O objeto, entre os que estavam sobre a mesa, correspondente ao conto "A segunda vida", era obviamente a garrucha de dois tiros, de participação tão trágica na história. A garota não quis tocá-la. Ficou pensando no caprichoso arranjo da avó, deixado para ela, naquele ático; e começou a juntar peças, como se o enigma principiasse a sair da penumbra sob a qual ocultava o rosto.

Já Laura... Tinha momentos nos quais a dor que sentia a fortalecia; e ela, rosto choroso, orgulhosa, dizia para si, mirando-se num espelho: "Minha história é só minha! Só que eu ainda não encontrei a minha história. Sei que ela existe! Eu sinto, ela existe. E se ainda não começou a se contar é..."

"... Porque *ela* não sabe que existe!..."

"Mas, então... Quem está contando minha história?"

Daí... (Pensava em Juca, jogando na sua cara: "Não é verdade? Não é verdade?") a dor, a mesma dor de que se orgulhara há pouco (como se fosse a sua história nascendo), vinha oprimi-la, e tanto, que não suportava se ver nem dizer nada, muito menos para si própria. Não queria falar consigo mesma.

De si mesma, estava era com raiva.

• 9 •

Balas de estalo

Toda vez que entrava no ático, Carolina não conseguia se impedir de repetir consigo a pergunta:

"É para mim, vovó?"...

... Nem de vê-la, à sua frente, convidando-a a entrar com um sorriso.

Fizera dali a sua biblioteca particular. No mesmo canto, estava a pequena estante de madeira que fora da avó, com os volumes antigos, encadernados. Aquela estante e aqueles livros já haviam viajado um bocado, antes de retornar ao seu lar. A casa, quando Carolina partira para fazer faculdade, fora aos poucos sendo abandonada pela família, cada qual seguindo a sua vida, sem mais avó Benícia como centro de gravidade. Permanecera fechada praticamente por duas décadas. Um ano e meio atrás, ao retornar à cidade, Carolina a reformou. Não podia nem sequer pensar em morar em Colinas da Lua, se não fosse ali.

Os dois andares de baixo já não eram como antigamente, foram modernizados. Mas o ático...

Fizera questão de recuperá-lo exatamente como o havia conhecido.

Era o mesmo salão amplo, iluminado por claraboias no teto, o assoalho de tabuões largos de madeira. No canto, junto da estante, estava a mesma poltrona de leitura, muitas vezes reestofada, e a banqueta. Ao lado, a mesinha. A luminária atrás da poltrona era diferente. A antiga fora comida pelos cupins. Havia também pontos de luz no teto, que antes não existiam, e mais estantes de livros, todas feitas da mesma madeira da estante de avó Benícia.

Mesmo depois da morte de avó Benícia, à exceção de Carolina, ninguém jamais subira ao ático. Era como um segredo sem trancas e, assim como pertencera somente à avó, sem que se precisasse dizer, do mesmo modo silencioso passara para Carolina.

No dia seguinte, seria a sessão do Clube, com a discussão do conto "Missa do galo". Carolina subira até o ático pretendendo lê-lo mais uma vez e fazer algumas anotações para levar. Mas...

Fora uma semana tão interessante, na Biblioteca. Apesar das suas muitas tarefas administrativas, o que mais agradava a Carolina era tirar um tempo para ficar no balcão de atendimento. Dali, podia espiar deliciada, por exemplo, quando entravam aqueles garotos e garotas que jamais haviam estado numa biblioteca, e em seu olhar se via que eles se sentiam intimidados por aquela quantidade de estantes, prateleiras, livros e mais livros.

Daí, ela sorria, dava uma piscadela sedutora, os novatos se aproximavam, começavam a conversar. Ela perguntava o que tinham vindo procurar, ou se haviam vindo somente conhecer a Biblioteca, se queriam que ela os levasse para uma visita guiada. E comemorava quando, na terceira visita, se tanto, eles já revoavam entre as estantes e ocupavam as mesas, abrindo livros, jornais e revistas à sua frente, como se fossem donos do pedaço. Ou quando ela passava os olhos e via as mesas de leitura, todas lotadas. Ou quando um garoto vinha ao balcão, feliz, por ter encontrado ou o que precisava, ou o que queria, ou algo que nem desconfiava que existia, mas que agora... *Puxa! Esse livro deve ser um barato!!! Vou levar, tá?*

Tá?

Carolina precisava se segurar para não responder "Sim! Sim, por favor, leve! Leve!", e numa voz que provavelmente soaria esganiçada, de tanta ansiedade. Maravilhava-se também de perceber que a Biblioteca havia se tornado um lugar acolhedor para um público de todas as idades. Muita gente já vinha ali, naturalmente; era o tempo que se davam de presente no fim de um dia de trabalho, era o ponto de encontro, para fazer hora, para pensar na vida.

Carolina, tem aí um livro sobre...?

Quando um menino ou menina, garoto ou garota, chegava ao balcão, com aquele olhar esperançoso, na expectativa de encontrar o que procurava, nada a alegrava mais do que poder responder "Tem sim!". Ou de sair procurando com eles. E como ficava chateada quando não encontrava coisa alguma? Como ficava triste com a decepção do freguês! Nesses casos, lhe prometia fazer de tudo — e fazia mesmo! — para arranjar o mais rápido possível, por encomenda, o livro desejado.

Mas, se fosse escrever uma crônica da semana (do tipo das que Machado fazia em sua coluna, chamada *Balas de estalo*), não poderia deixar de mencionar as novidades sobre a sua turminha, que sempre aparecia por lá. Por exemplo, Alex e Tina... Quem diria? Ou melhor, quem não diria?

Ela se levantou da cadeira e foi até a estante em que guardava obras que, segundo biógrafos de Machado, eram as que ele mais lia. Ficou contemplando as lombadas, pensando... Aqueles títulos... Havia filósofos ali que bem poucos liam no

Brasil da época, tão contrários que eram ao pensamento positivista, predominante no país. Com quem Machado conversava sobre eles? E será que conversava? Ou apenas ruminava intimamente?

E tantos e tantos outros autores. Carolina pegou um volume ao acaso. Shakespeare, o dramaturgo inglês do século XVI. Ela abriu o livro, também quase inadvertidamente, e caiu no final da peça *Macbeth*, a história de um homem que comete vários crimes e traições para usurpar a coroa da Escócia. Carolina correu carinhosamente os dedos sobre a página aberta. Seus olhos bateram num trecho em que o personagem, já enlouquecido pelo peso de sua consciência, fala:

— *[...] A vida nada mais é do que uma sombra sem corpo. Um ator mambembe que se vai despachando do seu número, no palco, ora com postura afetada, ora com lamúrias desgastadas, e que depois do ato jamais será lembrado. É uma história contada por um demente, repleta de sons e de fúria, significando coisa nenhuma [...]*

"O que Machado pode ter pensado ao ler esse trecho?", indagou-se. "Teria lido e relido, para si e em voz alta, procurando significados? Mas que significados pode ter encontrado?" Terá pensado, como ela, que se trata de palavras que não procuram decifrar a vida, mas sim sugerir que, ao saboroso, ou às vezes doloroso, o mistério da vida só se pode corresponder com outro mistério? Que um tanto da magia da Literatura é esse caminho que não se encerra em respostas? Um caminho incessante, no qual a gente cresce buscando mistérios e enigmas que tornam a vida... ilimitada?

Ela sorriu consigo mesma por seu atrevimento. Mas, então, estava agora pondo pensamentos na cabeça de Machado?

Carolina recolocou o livro na estante e retornou à poltrona de leitura. Alex e Tina... Não é que, do balcão, pelo rabo do olho, pegara aquele momento em que os dois, sentados numa das mesas de leitura, lendo juntos "Missa do galo", parando vez por outra, discutindo alguns trechos... Quando então, medrosamente, num instante que um não estava fitando o outro, mas à página aberta em seus respectivos livros, a mão de Alex foi se aproximando, aproximando, e se entrelaçou à de Tina. E tudo isso sem se olharem.

Carolina pôde sentir o pânico de Alex de que os dedos da garota expulsassem os seus, ou que fugissem. Pôde sentir o arrepio de Tina, pela surpresa mais do que esperada. Pôde sentir o receio dos dois de se olharem, agora, de mãos dadas, e viu o sorriso no rosto de ambos, um sorriso lindo, quando finalmente se atreveram e os olhos de ambos se tocaram... Continuaram lendo, discutindo o conto, as mãos não se soltaram, e deixaram a Biblioteca, uma hora depois, abraçados.

"Isso tinha de estar em minha *Balas de estalo* da semana, claro que tinha", pensou Carolina. E também a cena entre Rosana e Luana, as duas irmãs.

Foi noutro dia, elas chegaram, como de hábito, já meio brigadas, para ler o conto juntas. E, também como de hábito, Carolina pensou que, novamente, nessa tarde, Rosana, a mais velha, começaria a falar e a falar, e que Luana, de cara chateada, reclamando que a irmã não queria nunca escutar o que tinha a dizer sobre a leitura, ia exclamar qualquer coisa; daí as duas iam brigar mais ainda e acabariam voltando para casa, pretendendo cada qual ler o conto sozinha, trancada em seu quarto.

No entanto, aconteceu foi que por um longo tempo ficaram caladas, uma de olhar zangado cravado na outra. Em seguida, Luana disse qualquer coisa, e Rosana não respondeu.

E Luana disse mais alguma coisa, abrindo o livro. Mais uma vez, Rosana não respondeu, porém se inclinou sobre a página aberta e ficou por alguns instantes com aquele ar compenetrado, tão seu, lendo, e Luana a observando, em preocupada expectativa. Então, Rosana fez um comentário rápido, o rosto de Luana se iluminou, feliz, e dali a mais um momento estavam as duas discutindo o texto; acaloradamente, é verdade, como se defendessem pontos de vista cruciais para a vida e felicidade de ambas, diante daquele livro aberto... Mas Carolina observou grande prazer na expressão de rosto das duas, tanto ao falar quanto ao escutar.

Balas de estalo... Carolina procurara em muitos dicionários o significado da expressão. Inclusive dicionários que o próprio Machado de Assis poderia ter consultado. Não chegara a uma conclusão. Intuía se tratar de um deboche dele, ao comentar em crônicas os principais acontecimentos da semana, sobre o Brasil e o mundo, como se segredasse que não era preciso levá-los tão a sério. E que ao mesmo tempo, sim, eram graves, preciosos, raros.

Balas de estalo, perguntava-se, seriam tiros de pólvora seca — balas falsas — ou estalinhos, dos que se soltam nas brincadeiras juninas? Ou o quê?

Laura, numa daquelas tardes, chegara ali e estendera diante dela uma pasta de plástico transparente, as mãos trêmulas...

Carolina olhou para a pasta, viu que continham folhas de papel, depois olhou para Laura, interrogativamente. Então, a garota se deu conta do lapso, envergonhada...

— São contos... que eu escrevi — ela disse, e Carolina teve de agarrar a pasta, que Laura já ia recolhendo de volta. — Mas você não precisa ler, não devem ser... nada.

— Não sabia que você escrevia. Você quer que eu leia e depois converse com você, é isso, Laura?

— Não, quer dizer... Puxa, ia ser uma chatice para você, né?

— De jeito nenhum! — disse Carolina, já se apropriando da pasta. — Vou ler com o maior prazer. Laura abriu um sorriso feliz, aliviado.

E os leu, de fato, naquela mesma noite no ático, e já no dia seguinte, quando Laura passou pela Biblioteca, Carolina a chamou:

— Adorei!

— Jura? São bons mesmo? Os contos que eu escrevi...? Não são bobos, não?

— Não! Palavra de honra! Você quer ouvir algumas sugestões?

Carolina de fato tinha gostado. Mas, na conversa, não deixou de fazer todas as críticas que achava que poderiam ajudar Laura a melhorar sua escrita. No final, ficou olhando para a garota, por um instante, e então se resolveu; vinha matutando essa ideia desde o caminho de casa.

— Laura, tem um amigo meu, ex-colega de mestrado, que vai dar uma oficina de criação literária no Rio de Janeiro, nos meses de férias escolares. Acho que você está no ponto para participar de uma coisa assim.

Laura ficou por um instante de olhar arregalado para Carolina, não acreditando no que estava escutando, depois murmurou:

— Mas, no Rio? Eu?

— Ia ser ótimo para você!

— No Rio? — repetiu a garota.

— Bem, não precisa responder agora. Pense no assunto, tá? Você tem mais contos?

— Não — engasgou Laura, mentindo. Logo a seguir se arrependeu de ter mentido. Mas ficou sem coragem de se retratar. É que *aquele* conto...

Não, não sentia mesmo coragem de mostrar aquele conto à Carolina, porque era como se o tivesse roubado da própria Carolina. Das conversas entre as duas. "E, depois, não está nem pronto, ainda. Não, não!" O conto ainda por terminar e que Laura não estava com coragem de mostrar intitulava-se "O mundo é dos canários".

Naquela noite, Carolina ainda acariciou mais uma ou duas lembranças da semana e depois foi reler "Missa do galo".

· 10 ·

O duelo

Tinha comigo um romance, Os Três Mosqueteiros *[...] Sentei-me à mesa que havia no centro da sala, e à luz de um candeeiro de querosene, enquanto a casa dormia [...] e fui-me às aventuras.*

"Missa do galo"

— Bem, até agora a gente já leu aqui três contos: "Ideias do canário", "Umas férias" e "A segunda vida". Discutimos um bocado sobre as peraltices de linguagem do Machado, nesses contos. E também outro tanto da maneira de ele compor seus personagens, como indivíduos dotados de movimentos interiores, complexos. No "A segunda vida", a gente conversou ainda sobre as artes e armadilhas dele de montar um enredo, e é bem isso também o que vou destacar neste conto de hoje, "Missa do galo". Tem gente que o considera o melhor conto de Machado de Assis e um dos melhores já escritos em língua portuguesa, justamente por isso, pela armação que conta a história. Como disse, o conto é um incrível duelo entre dois personagens, o Nogueira e a Conceição. E um duelo mais incrível porque... não se parece em nada com um duelo. Mas isso é o que eu acho que é! Vamos ver agora o que vocês pensam. Zé Henrique, hoje é com você!

Nunca pude entender a conversação que tive com uma senhora, há muitos anos, contava eu dezessete, ela trinta. Era noite de Natal. [...]

A casa em que eu estava hospedado era a do escrivão Meneses, que fora casado, em primeiras núpcias, com uma de minhas primas. A segunda mulher, Conceição, e a mãe desta acolheram-me bem, quando vim de Mangaratiba para o Rio de Janeiro, meses antes, a estudar [...]

Costumes velhos. Às dez horas da noite toda a gente estava nos quartos; às dez e meia a casa dormia. Nunca tinha ido ao teatro, e mais de uma vez, ouvindo dizer ao Meneses que ia ao teatro, pedi-lhe que me levasse consigo. Nessas ocasiões, a sogra fazia uma careta, e as escravas riam à socapa; ele não respondia, vestia-se, saía e só tornava na manhã seguinte. Mais tarde é que eu soube que o teatro era um eufemismo em ação. Meneses trazia amores com uma senhora, separada do marido, e dormia fora de casa uma vez por semana. Conceição padecera, a princípio [...] mas, afinal, resignara-se, acostumara-se e acabou achando que era muito direito.

Boa Conceição! Chamavam-lhe "a santa", e fazia jus ao título, tão facilmente suportava os esquecimentos do marido [...]

— Ninguém merece! — protestou, bem alto, Luana. A garota estava vermelha. — Chamar de santa é desaforo! E será que ela gosta do apelido? A santa! Santa não é mulher, é... é bem o que está no conto: "Não dizia mal de ninguém, perdoava tudo. Não sabia odiar; pode ser até que não soubesse amar". Dá para imaginar uma coisas dessas? O que será que esse sujeito está insinuando? Como assim, não sabe amar? Tá justificando as pilantragens do marido, é? Ele acha que a mulher nem sequer existe, é isso! E o tal apelido, quem foi que deu? Aposto que foi o marido da Conceição.

— Muito provável! — sorriu Carolina. — Gente, nesse conto tem uma primeira coisa que é fundamental... Quem conta a história? Essa pergunta tem de ser feita, sempre, em Machado de Assis.

— É o Nogueira, o tal que "nunca pôde entender" a conversação que teve com a Conceição, com a santa! Esse sonso! — esbravejou Luana.

— E isso é muito importante — prosseguiu Carolina. — Tem quem conta e quem é contada.

— A Conceição é contada... pelo Nogueira — raciocinou Tina. — É tudo como ele a vê.

— Ou como queria que ela fosse — atalhou Laura.

— Esse tal que acha que ela aguenta tudo sem sofrer mais, coitada — disparou Luana.

— Acho interessante a reação de vocês, garotas. Sempre me perguntei qual seria a opinião das leitoras do Machado, na época, diante desse conto. Não temos nada registrado, que eu saiba, mas...

— Claro — retrucou Luana — , se a história fosse contada pela Conceição, garanto que ia ser diferente!

— Guarde bem essas suas palavras, Ó Luana! — disse Carolina, brincando, em tom solene. — Vamos nessa, Zé Henrique. Tudo acontece agora, enquanto o Nogueira faz hora para ir assistir à Missa do galo.

— E, se vocês já ficaram zangadas, o pior vem a seguir — observou Zé Henrique. — Porque "Naquela noite de Natal foi o escrivão ao teatro..."

E as garotas, umas mais sonoramente, outras quase num resmungo, soltaram xingamentos contra o marido de Conceição.

Tinha comigo um romance, Os Três Mosqueteiros *[...] Sentei-me à mesa que havia no centro da sala, e, à luz de um candeeiro de querosene, enquanto a casa dormia, trepei ainda uma vez ao cavalo magro de D'Artagnan e fui-me às aventuras [...] Os minutos voavam, ao contrário do que costumam fazer, quando são de espera; ouvi bater onze horas, mas quase sem dar por elas, um acaso. Entretanto, um pequeno rumor que ouvi dentro veio acordar-me da leitura. Eram uns passos no corredor que ia da sala de visitas à de jantar; levantei a cabeça; logo depois vi assomar à porta da sala o vulto de Conceição.*

— Gente! — Carolina destacou — Olha as sutilezas do Machado. Enquanto espera a hora da missa, o rapazote está lendo *Os Três Mosqueteiros.* A trama principal do livro é em torno de um caso de adultério da rainha francesa com um nobre inglês: adultério!

— Ou seja, já estava cheio de más intenções! — debochou Tina, e Luana aprovou. Foi então que Rosana disse, com ar crítico:

— Só que não era só ele. Olha o que vai acontecer a seguir...

— Ainda não foi? — perguntou ela.

— Não fui; parece que ainda não é meia-noite. [...] Conceição entrou na sala, arrastando as chinelinhas da alcova. Vestia um roupão branco, mal apanhado na cintura. Sendo magra, tinha um ar de visão romântica, não disparatada com o meu livro de aventuras. Fechei o livro; ela foi sentar-se na cadeira que ficava defronte de mim, perto do canapé. Como eu lhe perguntasse se a havia acordado, sem querer, fazendo barulho, respondeu com presteza:

— *Não! qual! Acordei por acordar.*

Fitei-a um pouco e duvidei da afirmativa. Os olhos não eram de pessoa que acabasse de dormir; pareciam não ter ainda pegado no sono. Essa observação, porém, que valeria alguma cousa em outro espírito, depressa a botei fora, sem advertir que talvez não dormisse justamente por minha causa, e mentisse para me não afligir ou aborrecer. Já disse que ela era boa, muito boa.

— E esse cara era um sonso! — resmungou Luana. — Muito sonso!

Conceição ouvia-me com a cabeça reclinada no espaldar, enfiando os olhos por entre as pálpebras meio-cerradas, sem os tirar de mim. De vez em quando passava a língua pelos beiços, para umedecê-los. Quando acabei de falar, não me disse nada; ficamos assim alguns segundos. Em seguida, vi-a endireitar a cabeça, cruzar os dedos e sobre eles pousar o queixo, tendo os cotovelos nos braços da cadeira, tudo sem desviar de mim os grandes olhos espertos.

"Talvez esteja aborrecida", pensei eu.

E logo alto:

— *D. Conceição, creio que vão sendo horas, e eu...*

— *Não, não, ainda é cedo. Vi agora mesmo o relógio, são onze e meia. Tem tempo. Você, perdendo a noite, é capaz de não dormir de dia?*

— *Já tenho feito isso.*

— *Eu, não; perdendo uma noite, no outro dia estou que não posso, e, meia hora que seja, hei de passar pelo sono. Mas também estou ficando velha.*

— *Que velha o que, D. Conceição?*

Tal foi o calor da minha palavra que a fez sorrir. [...]

Pouco a pouco, tinha-se reclinado; fincara os cotovelos no mármore da mesa e metera o rosto entre as mãos espalmadas. Não estando abotoadas as mangas, caíram naturalmente, e eu vi-lhe metade dos braços, muito claros, e menos magros do que se poderiam supor. A vista não era nova para mim, posto também não fosse comum; naquele momento, porém, a impressão que tive foi grande. As veias eram tão azuis, que apesar da pouca claridade, podia contá-las do meu lugar. A presença de Conceição espertara-me ainda mais que o livro. [...]

— O caso — argumentou Rosana — é que eu fiquei cismando...

— E por causa disso a gente quebrou um pau danado — disse Luana.

Rosana fez uma careta para ela, depois continuou:

— Bem, será que a Conceição realmente quis se assanhar para cima do garotão?

— Ou foi o Nogueira que imaginou tudo? — completou Luana. — Afinal, é ele quem conta a história, anos depois... Iniciando com aquela frase tão dissimulada quanto ele: "Nunca consegui entender..."

— Não concordo! — protestou Rosana. — A Conceição não é nenhuma vítima. Ela se joga, sim, pra cima do cara. Vamos ver se não é isso...

[Eu] Falava emendando os assuntos, sem saber por que, variando deles ou tornando aos primeiros, e rindo para fazê-la sorrir [...]

E [ela] não saía daquela posição, que me enchia de gosto, tão perto ficavam as nossas caras. Realmente, não era preciso falar alto para ser ouvido; cochichávamos os dous, eu mais que ela, porque falava mais; ela, às vezes, ficava séria, muito séria, com a testa um pouco franzida. Afinal, cansou; trocou de atitude e de lugar. Deu volta à mesa e veio sentar-se do meu lado, no canapé. Voltei-me, e pude ver, a furto, o bico das chinelas; mas foi só o tempo que ela gastou em sentar-se, o roupão era comprido e cobriu-as logo. Recordo-me que eram pretas.

— Estão vendo? — comemorou Rosana. — Ela está mandando o maior charme pra cima do Nogueira. Olha as posições, as mostradas. Mulher sabe o que deixa aparecer!

— Ah, é? Ela se acha uma velha — disse Luana. — Está de chinelinhas e roupão mal-ajambrado no corpo! Muito à vontade em casa, como estaria diante de um parente com idade para ser seu filho?

— E depois — disse decepcionado Lucas... — Ora, bico das chinelas, isso virou *sexy*, agora?

— Olha só a época deles! O que você queria? — protestou Tina.

— Queria — disse Laura, séria, voltando-se para Carolina — é que naquele tempo não fosse muito mais difícil ainda do que é hoje uma mulher se recusar a se fazer de burra para o marido.

— Concordo! — disse Carolina. — É mesmo uma pena a gente não conhecer o ponto de vista da Conceição sobre essa cena. Nem uma vez sequer o narrador entra dentro dela e nos apresenta seus pensamentos. Nem pode. O narrador é um personagem, também. Está limitado ao que testemunhou, ou ao que acha que testemunhou. O narrador é o Nogueira. A gente só lê o que ele vê e o que acha importante contar. Tudo contado com a interpretação dele, claro. Não há como separar uma coisa da outra. O mesmo gesto, narrado de jeitos diferentes, pode significar coisas diferentes. E é isso que mantém a ambiguidade do personagem. Ninguém pode ter certeza se ela estava seduzindo o garoto ou se estava apenas meio à vontade demais, em casa, abandonada pelo marido na véspera de Natal... humilhada.

— Querendo só não passar a meia-noite sozinha! — sugeriu Tina. — Era Natal, ora!

— Que nem no conto anterior — lembrou Rosana —, "A segunda vida". Lá, a gente não poderia dizer se o personagem era louco ou reencarnado.

— Percebem? Machado armou essa história como se cada personagem estivesse em seu canto do ringue. Daí, os dois são apresentados ao leitor. O Nogueira já de início nos transmite isso pelo jeito de contar a história. Um cara que vem ruminando por anos esse papo dele com a Conceição. Este é o jeito dele de ser! E ficamos conhecendo a Conceição, o casamento infeliz dela, pelo que esse mesmo ruminador nos conta a respeito da mulher que ele até hoje não consegue entender. Assim, ambos vão ganhando identidade e força aos nossos olhos. Então, de repente, Machado os põe frente a frente, num diálogo longo, aparentemente sem assunto, mas que nos enche de suspeitas.

— É o duelo de que você falou? — perguntou Lucas. — Esse papo deles na véspera de Natal, esperando a Missa do galo, é um duelo?

A conversa reatou-se assim lentamente, longamente, sem que eu desse pela hora nem pela missa. Quando eu acabava uma narração ou uma explicação, ela inventava outra pergunta ou outra matéria, e eu pegava novamente na palavra. [...]

Duas outras vezes, pareceu-me que a via dormir; mas os olhos, cerrados por um instante, abriam-se logo sem sono nem fadiga, como se ela os houvesse fechado para ver melhor. Uma dessas vezes creio que deu por mim embebido na sua pessoa, e lembra-me que os tornou a fechar, não sei se apressada ou vagarosamente. Há impressões dessa noite que me parecem truncadas ou confusas.

— Tá vendo? — protestou Luana. — Pode até ser um duelo. Mas a Conceição está desarmada. Só quem fala é o Nogueira. E cheio de insinuações!

— E por que ficam nesse "chove não molha"? — reclamou Alex.

— Gente, calma — pediu Carolina. — Vamos continuar.

Já agora não trocava de lugar, como a princípio, e quase não saíra da mesma atitude. Não tinha os grandes olhos compridos, e entrou a olhar à toa para as paredes.

— Precisamos mudar o papel da sala, disse daí a pouco, como se falasse consigo.

Concordei, para dizer alguma cousa, para sair da espécie de sono magnético, ou o que quer que era que me tolhia a língua e os sentidos [...] A conversa ia morrendo. Na rua, o silêncio era completo.

Chegamos a ficar por algum tempo, — não posso dizer quanto, — inteiramente calados [...]

Subitamente, ouvi uma pancada na janela, do lado de fora, e uma voz que bradava: "Missa do galo! Missa do galo"!

— Aí está o companheiro, disse ela levantando-se. Tem graça; você é que ficou de ir acordá-lo, ele é que vem acordar você. Vá, que hão de ser horas; adeus.

— Já serão horas? perguntei.

— Naturalmente.

— Missa do galo! — repetiram de fora, batendo. [...]

E, com o mesmo balanço do corpo, Conceição enfiou pelo corredor dentro, pisando mansinho. Saí à rua e achei o vizinho que esperava. Guiamos dali para a igreja. Durante a missa, a figura de Conceição interpôs-se mais de uma vez, entre mim e o padre; fique isto à conta dos meus dezessete anos. Na manhã seguinte, ao almoço, falei da Missa do galo e da gente que estava na igreja sem excitar a curiosidade de Conceição. Durante o dia, achei-a como sempre, natural, benigna, sem nada que fizesse lembrar a conversação da véspera. Pelo Ano-Bom fui para Mangaratiba. Quando tornei ao Rio de Janeiro, em março, o escrivão tinha morrido de apoplexia. Conceição morava no Engenho Novo, mas nem a visitei nem a encontrei. Ouvi mais tarde que casara com o escrevente juramentado do marido.

— Fingido! Moita! — resmungou de novo Luana.

— Viram a arrumação? — desviou Carolina. — Primeiro a preparação e depois o duelo? Um duelo discreto, mas eles entraram em enfrentamento! As repercussões vão durar anos, no espírito do Nogueira.

— Continuo achando que não disseram o principal — cismou Alex. — Aliás, do que estavam conversando mesmo?

— Você nem se lembra, não é? — desafiou Carolina.

— Não — admitiu Alex. — Mas é sinal de que era abobrinha pura.

— Não é à toa. Nogueira está nos contando algo que o incomoda faz tempo. E o faz para tentar resolver o enigma. Só que ele relata tudo conforme o seu ponto de vista. Ora, se essa visão não resolveu o caso até hoje, não é agora que vai resolver. É como se estivesse viciada. Não ata nem desata desde aquela época.

Carolina se deteve um instante, rearrumando as ideias.

— Só que você e todo mundo sabem exatamente do que eles conversaram: são as insinuações, o foco dos olhares. Quer dizer, a gente sabe exatamente o que o narrador do conto, o Nogueira, acha que houve naquela conversa. Foi tudo sutil. O principal é o que eles não dizem. E, no entanto, fica dito! Nogueira acha que foi uma tentativa de sedução, é isso. Mas esse não dito fica em suspense. É o que mantém a expectativa e o interesse da gente, quando lê esse diálogo genial.

— Para mim, a Conceição tentou seduzir mesmo o Nogueira. Ele é que, sei lá... — Rosana enrubesceu e se deteve.

— ... Não teve peito para entrar na dela! — completou Carolina. — Daí fingiu que não estava claro, que ele não tinha certeza. E o tal "Nunca consegui entender", dele, seria então arrependimento por não ter se arriscado a pagar para ver se a Conceição estava mesmo a fim, como ele achou.

— E eu acho que não foi nada disso — objetou Luana. — Foi só fantasia dele! Você fica teimando nisso, Rosana.

— E você... — ia replicar Rosana, quando Carolina interveio assustando todo mundo.

— Era isso! — ela exclamou num berro. — Era por isso que vocês duas tanto brigavam na Biblioteca.

Pegas em flagrante, as duas garotas ficaram coradas de vergonha. E logo a seguir, corada mesmo, ficou Carolina, já que o olhar moleque de Alex para ela a acusou explicitamente (assim ela entendeu) de *espionagem* pelos cantos dos olhos, na Biblioteca. O que, na infância dela em Colinas da Lua, sua avó costumava chamar também de bisbilhotice.

Mas Carolina deu a volta por cima rapidinho:

— Bem, mas vamos voltar a quem é que conta a história. As mulheres, pelo menos hipoteticamente, eram o público principal dos contos e dos romances em capítulos. Agora, se o público principal deles era mesmo as mulheres, e ele faz uma história na qual uma mulher fica calada, deixando a um homem contar a história e dizer dela o que bem entende...

— ... Como fica a barra do Machado com o público dele? — disparou Alex.

— Essa é justamente a minha questão — sorriu Carolina. — Muita coisa desse conto tem a ver com personagens enigmáticos. Que não se revelam. Esfinges! Esfinges se balançando em trapézios.

— Quê? — estranhou Alex.

— Uma esfinge. E, para ter mais graça ainda, balançando num trapézio... um enredo que não tem ponto fixo, que oscila, que vai para lá e para cá, arrastando o olhar da gente. E Machado faz isso nesse conto manipulando muito bem quem conta a história. Assim, cria o mistério, porque ninguém sabe o ponto de vista do outro personagem, do que fica sem palavra. A palavra do narrador fica sem confirmação; solta, no ar!

— E quem não fala acaba sendo quem mais chama a atenção — refletiu Tina.

— Gostei dessa! O Nogueira é quem narra, no entanto ninguém vai conseguir definir com tranquilidade quem é o personagem principal dessa história. Poderia ser muito bem a Conceição. O Nogueira é o dono da história. Mas ela rouba a cena. Ela é mais intrigante. Mais interessante. Voltando à minha cisma, o dono da história não é nem de perto um personagem tão bom quanto aquela cujo direito à palavra é negado. Conceição é lesada, roubada, e como ficam as leitoras de Machado? Será que ele queria, de propósito, então, provocá-

-las? Fazê-las ficar tão indignadas quanto vocês ficaram? Isso, nunca vamos saber.

— Nem reparavam — observou Rosana. — Vai ver, notar isso é coisa da cabeça da mulher de hoje.

— Pode bem ser — assentiu Carolina. — Mas, só para dar a minha opinião, concordo com a Rosana. Só que o conto deixa margem para outras interpretações. Literatura não funciona em termos de "certo e errado", mas como uma soma de muitos "talvezez". Bem, lendo "Missa do galo", o que eu enxergo é uma mulher madura tentando seduzir um garotão bobo, que depois fica arrependido pelo resto da vida por não ter tido coragem de se arriscar, de se deixar levar pelos seus desejos, pelos desejos que ela, sem ele se dar conta, despertou nele. Machado vivia numa época em que o Brasil era ainda mais machista do que hoje, em que se subestimavam as mulheres na maior. Nem se pensava em direitos iguais entre homens e mulheres. E a obra de Machado está cheia desses casos, em que as mulheres se desapontam com homens moloides que não têm coragem de ser seus cúmplices, quando se trata de romper convenções... Convenções feitas contra elas, para submetê-las. Nogueira seria mais um desses frouxos!

A garotada riu, mas Carolina estava com o rosto vermelho, irada.

— A grande injustiça é dar a ele a narração dessa história. Ele não tem estatura para isso. Não recebe esse privilégio por seus méritos, mas porque está convencionado que a palavra e o mando são do homem. É tão gritante que dá raiva... E ... sei lá... acho ... sinto... que uma construção dessas, que acentua tanto uma injustiça, é maquiavélica demais para ser acidental! Se ele roubou da Conceição (e de outras mulheres, suas personagens) abusadamente a palavra para representar o mau-trato da cultura e da sociedade da época contra a mulher, até nisso foi original porque, em vez de fazer um panfleto chato, usou um tratamento superliterário para realçar uma questão social. Mas isso é o importante? O que estava na cabeça do Machado? Acho que não. Importa é que este conto pode, entre outras coisas, chamar a atenção para a injustiça contra as mulheres, do mesmo modo como em relação à criança em "Umas férias" e com os negros, meus ascendentes escravos, em outras obras dele. Se alguém entendeu isso, na época, não se manifestou, pelo menos que eu saiba. Então, pode ser até que eu esteja vendo coisas. Mas, mesmo assim, esse Machado...

— É bom pacas! — brincou Lucas.

— Concordo! — riu Carolina. — E na semana que vem tem mais. Vamos mais fundo ainda. Vamos caçar o fantasma, os espíritos que habitam a obra de Machado! Vamos ler "O enfermeiro", certo?

• • •

Já devia ser hora do almoço, lá embaixo, mas a garota, no abrigo do ático, teve quase certeza de que não procurariam por ela. Ninguém estaria com fome alguma, naquele dia. Iam fazer almoço só por fazer, pôr a mesa só por pôr, talvez fazer os pratos, beliscar a comida, em silêncio, e daí? Então, iam acabar achando que ela, não querendo nem pensar em comer, se trancara em seu quarto e, pronto, a deixariam em paz. A garota olhou com alívio para a porta fechada ("E ainda tem a escada. Bom."), que a separava da tristeza lá de baixo.

Ela alisou o couro gasto da poltrona de Benícia, o livro que a avó deixara para ela, no qual acabara de ler "Missa do galo".

O fato é que não se lembrava direito do que havia lido. Recriminou-se.

Se a avó deixara o livro para ela, com aqueles contos, não poderia ler sem saber o que havia lido, não poderia.

Naquela noite, também sozinha em seu quarto, Laura fez sua garota do ático se levantar da poltrona de leitura e ir folhear o volume antigo de *Os Três Mosqueteiros*, colocado sobre a mesa, esperando por ela. Era o objeto correspondente ao "Missa do galo". Ainda havia, indecifrados, a moringa e a caixa forrada de veludo com as quatro alianças de casamento...

Dali, ela olhou para a porta de novo, como se tivesse medo de que ela pudesse se abrir, de repente, e o ático ser invadido.

E, em seu quarto, Laura pensou:

"Se não vale certo nem errado, sobrou apenas o meu "talvez"... é isso? Mas que medo que dá!...

• 11 •

Talvez: usos do dia a dia

— Não acho isso certo, Inha! — esbravejou Juca. Continuava com a perna engessada até o quadril, e suspensa no ar. — Não mesmo! Como assim, você vai passar três meses no Rio de Janeiro? Não, tá errado! Você não é dessas garotas soltas. É minha namorada! E tô precisando de você, aqui, comigo!

Laura ficou parada, boquiaberta, olhando para ele. E sentindo uma coisa subir até a garganta. Uma coisa que parecia embrulhada em palha de aço. E que tinha, porque tinha, porque tinha... de sair!

— Vê se te enxerga, Juca! — ela disparou.

— Inha...!

— Laura... — corrigiu ela, em voz embargada. Depois de um segundo, com Juca ainda a encará-la surpreso, ela repetiu, mais firme: — Laura.

— Chamo você de Inha desde criança — gaguejou Juca.

— Laura — repetiu ela ainda uma vez. — Escuta aqui, quando descobri o que você estava armando por trás de mim...

— Não foi nada disso! E não deu em nada, né?

— É. Mas o que não deu foi o menos importante. Você não ter falado comigo foi o que doeu. E, quando eu descobri, devia ter terminado com você.

— Mas...

— Mas vou terminar agora... — Laura sentiu os olhos arderem, a garganta se fechar, não querendo terminar de dizer, mas disse: — Se você não quiser entender que é importante pra mim eu vou ver o que posso fazer. Para fazer melhor uma coisa de que eu gosto! Não sei ainda se vou mesmo fazer a oficina. Talvez. Talvez, sei lá... Talvez não.

— Mas não era nem para pensar em ... — quis interromper Juca.

— Não é você — interveio Laura, silenciando-o com seus lábios trêmulos, e logo o corpo inteiro — que vai decidir por mim.

— Não acredito! — exclamou Juca. — Você tá falando em terminar comigo? Você? — Foi o que ele disse, perplexo, mais para si mesmo do que para a garota. Sem se dar conta de que o fazia em voz alta e que com isso a ofendia ainda mais. Laura sorriu, mais tristonha ainda, agora.

— Já sei — soltou Juca. — Você tá só querendo se vingar de mim com esse papo de Rio de Janeiro, não é?

A irritação da menina borbulhou, vencendo até a tristeza.

— Se fosse para me vingar, fazia do seu jeito. Pelas costas!

— Inha!

— Tchau, Juca!

Laura saiu do quarto, batendo a porta. No corredor, encontrou seu Dorival; tentou disfarçar os olhos vermelhos, mas sabia que era inútil. Então, tomou coragem, olhou direito para ele e disse:

— Queria saber, seu Dorival, quem mimou tanto esse seu filho.

— Eu não fui. Ele tinha a cidade inteira para fazer isso.

Laura parou um instante.

— Inclusive eu, não é?

— Você ainda gosta dele? — perguntou o homem, deixando um olhar terno examinar o rosto da garota.

— Acho... — então ela se deteve pensando, por um instante — é que tá tudo muito difícil! —, disse, enfim. Então se despediu e foi embora.

Seu Dorival ficou acompanhando Laura com os olhos; a seguir entrou no quarto de Juca e se sentou na beirada da cama dele; seu olhar, agora, cheio de zanga, cravado no garoto.

— Que foi? — indagou Juca, o rosto enrugado do pai franzido contra ele.

— Tá na hora da gente ter uma conversa. E, desta vez, não deixo você escapar pela lateral. Laura tem razão — disse seu Dorival. — Você é uma besta!

— Ela não disse isso... Disse?

— Devia... Mas eu tô dizendo!

• 12 •

Bem-aventurados os solitários

Não tive tempo de desviar-me; a moringa bateu-me
na face esquerda, e tal foi a dor que não vi mais nada;
atirei-me ao doente, pus-lhe as mãos ao pescoço, lutamos...
"O Enfermeiro"

Quem ficara de apresentar a leitura dessa vez foi Laura:

— O conto começa com esse sujeito, que está doente, desenganado, referindo um caso que aconteceu com ele muitos anos antes. E conta com a condição de que só seja publicado depois de ele morrer. Bem, não é à toa, né?

— É um conto um bocado perturbador — reforçou Carolina. — Vamos lá, caçar nossos fantasmas.

Parece-lhe então que o que se deu comigo em 1860, pode entrar numa página de livro? Vá que seja, com a condição única de que não há de divulgar nada antes da minha morte. Não esperará muito, pode ser que oito dias, se não for menos; estou desenganado. [...] Não tarda o sol do outro dia, um sol dos diabos, impenetrável como a vida. Adeus, meu caro senhor, leia isto e queira-me bem; perdoe-me o que lhe parecer mau, e não maltrate muito a arruda, se lhe não cheira a rosas. Pediu-me um documento humano, ei-lo aqui [...] peça [...] os meus sapatos de defunto e não os dou a ninguém mais. [...]

[Na época] copiava os estudos de teologia de um padre de Niterói, antigo companheiro de colégio, que assim me dava, delicadamente, casa, cama e mesa. Naquele mês de agosto de 1859, recebeu ele uma carta de um vigário de certa vila do interior, perguntando se conhecia pessoa entendida, discreta e paciente, que quisesse ir servir de enfermeiro ao Coronel Felisberto, mediante um bom ordenado. O padre falou-me, aceitei com ambas as mãos, estava já enfarado de copiar citações latinas e fórmulas eclesiásticas [...]

Chegando à vila, tive más notícias do coronel. Era homem insuportável, estúrdio, exigente, ninguém o aturava, nem os próprios amigos. Gastava mais enfermeiros que remédios. A dous deles quebrou a cara [...]

Não me recebeu mal. Começou por não dizer nada; pôs em mim dous olhos de gato que observa; depois, uma espécie de riso maligno alumiou-lhe as feições, que eram duras [...] A verdade é que vivemos uma lua de mel de sete dias.

No oitavo dia, entrei na vida dos meus predecessores, uma vida de cão, não dormir, não pensar em mais nada, recolher injúrias, e, às vezes, rir delas com um ar de resignação [...]

— "Rir delas" — reclamou Lucas. — Ele tinha que ter saído de lá rapidinho. Daí, nada teria acontecido. Parece até que estava procurando!

— E quem foi que disse que não estava? — observou Zé Henrique.

— Vamos em frente, Laura — pediu Carolina.

— Tá. Parece que o tal coronel sofria de uma doença que podia matá-lo de uma hora para outra.

— É isso mesmo! — confirmou Carolina. — Ele não tinha muito tempo de vida, o que é só mais um ponto para se pensar na história...

— Passaram-se três meses e o enfermeiro já não estava aguentando mais tanto desaforo do coronel — prosseguiu Laura. — Daí...

Um dia [...] pegou da bengala e atirou-me dous ou três golpes. Não era preciso mais; despedi-me imediatamente, e fui aprontar a mala. Ele foi ter comigo, ao quarto, pediu-me que ficasse [...] Instou tanto que fiquei.

— Estou na dependura [...]

— Que quer dizer que está na beira da morte — explicou Carolina. E completou, com um risinho: — Para quem não foi procurar no dicionário. E reparem na praga que ele vai rogar para o enfermeiro.

[...] dizia-me ele à noute; não posso viver muito tempo. Estou aqui, estou na cova. Você há de ir ao meu enterro, Procópio; não o dispenso por nada. Há de ir, há de rezar ao pé da minha sepultura. Se não for, acrescentou rindo, eu voltarei de noite para lhe puxar as pernas. Você crê em almas de outro mundo?

— Qual o quê!

— E por que é que não há de crer, seu burro? — redarguiu vivamente, arregalando os olhos.

Eram assim as pazes; imagine a guerra.

— Pois é...

— Que foi, Laura? — perguntou Carolina.

— Esse coronel é um sujeito bem solitário, né? Está com medo de que ninguém vá ao seu enterro. Tão triste!

— Não acredito! — protestou Alex. — Você está com pena dele?

— Mais ou menos — confessou, sem graça, Laura. Carolina interveio bem em cima:

— Não julgue, aquele que não quiser ser julgado!

— Como é? — exclamou Alex.

— Lembram como o enfermeiro começa, pedindo a quem vai ler que perdoe o que lhe parecer mau?

— Mas ele não estava falando do coronel. Estava?

— Vamos ler, depois vocês me dizem.

[...] O coronel estava pior, fez testamento, descompondo o tabelião, quase tanto como a mim. O trato era mais duro, os breves lapsos de sossego e brandura faziam-se raros. Já por esse tempo tinha eu perdido a escassa dose de piedade que me fazia esquecer os excessos do doente; trazia dentro de mim um fermento de ódio e aversão. [...]

Na noite de vinte e quatro de agosto, o coronel teve um acesso de raiva, atropelou-me, disse-me muito nome cru, ameaçou-me de um tiro [...]

Resmungou ainda muito tempo. Às onze horas passou pelo sono. Enquanto ele dormia, saquei um livro do bolso, um velho romance [...] traduzido, que lá achei, e pus-me a lê-lo, no mesmo quarto, a pequena distância da cama [...] Ou fosse de cansaço, ou do livro, antes de chegar ao fim da segunda página adormeci também. Acordei aos gritos do coronel, e levantei-me estremunhado.

— Quer dizer, meio zonzo — disse Carolina com outro risinho.

Ele, que parecia delirar, continuou nos mesmos gritos, e acabou por lançar mão da moringa e arremessá-la contra mim.

— É agora! — anunciou Lucas.
— Shhh! — fez todo mundo.

Não tive tempo de desviar-me; a moringa bateu-me na face esquerda, e tal foi a dor que não vi mais nada; atirei-me ao doente, pus-lhe as mãos ao pescoço, lutamos, e esganei-o.

— Essa eu vi no dicionário — comemorou Alex. — Quer dizer apertar o pescoço do sujeito com gosto, e tanto e tanto que...
— Shhh! — soou mais uma vez o coro.

Quando percebi que o doente expirava, recuei aterrado, e dei um grito; mas ninguém me ouviu. Voltei à cama, agitei-o para chamá-lo à vida, era tarde [...] o coronel morreu. Passei à sala contígua, e durante duas horas não ousei voltar ao quarto [...] Parecia-me que as paredes tinham vultos; escutava umas vozes surdas. Os gritos da vítima, antes da luta, [...] continuavam a repercutir dentro de mim [...] ouvia distintamente umas vozes que me bradavam: assassino! assassino! [...]
Antes do alvorecer, curei a contusão da face. Só então ousei voltar ao quarto [...] cheguei a pensar na fuga; mas era confessar o crime, e, ao contrário, urgia fazer desaparecer os vestígios dele.

— Como se ele já não tivesse decidido o que ia fazer —, resmungou Zé Henrique. — Então por que foi curar o machucado no rosto? Era para ninguém desconfiar de que ele e o velho haviam brigado.

— Só que não é tão simples assim — observou Carolina, passando os olhos por todos. — Nem sempre a gente tem as coisas tão claras, dentro de si. Bem, vamos continuar. Laura, por favor.

Fui até a cama; vi o cadáver, com os olhos arregalados e a boca aberta, como deixando passar a eterna palavra dos séculos: "Caim, que fizeste de teu irmão?"

— Isso é da Bíblia — explicou Carolina. — No Velho Testamento, Caim mata Abel, seu irmão, e Deus o surpreende, logo a seguir, com essa indagação. As menções à Bíblia são constantes em Machado, mas neste conto ficam ainda mais importantes, porque a noção de pecado pesa na consciência do enfermeiro. Mas curioso mesmo é o que vem a seguir...

Vi no pescoço o sinal das minhas unhas; abotoei alto a camisa e cheguei ao queixo a ponta do lençol. Em seguida, chamei um escravo, disse-lhe que o coronel amanhecera morto; mandei recado ao vigário e ao médico.

[...] Eu mesmo amortalhei o cadáver [...] Não saí da sala mortuária; tinha medo de que descobrissem alguma cousa. Queria ver no rosto dos outros se desconfiavam; mas não ousava fitar ninguém [...] Vindo a hora, fechei o caixão, com as mãos trêmulas, tão trêmulas que uma pessoa, que reparou nelas, disse a outra com piedade:

— Coitado! [...] apesar do que padeceu, está muito sentido.

Pareceu-me ironia [...]

— E foi irônico — disse Laura, detendo a leitura. — Viram? O enfermeiro acabou mesmo acompanhando o enterro do coronel, como o velho queria.

— Puxa, é verdade! — disse Tina, pensando um instante. — Que macabro. É como se o malvado ainda estivesse lá, junto dele.

Carolina escutou aquele "malvado" e teve vontade de intervir, de perguntar se eles ainda tinham tanta certeza de quem era o malvado da história. Mas preferiu deixar seguir a leitura, até por causa da surpresa que o conto reservava.

Sete dias depois de chegar ao Rio de Janeiro, recebi a carta do vigário [...] dizendo-me que fora achado o testamento do coronel, e que eu era o herdeiro universal. Imagine [...]

— Quanto tinha ele? perguntava-me meu irmão.

— Não sei, mas era rico.

— Realmente, provou que era teu amigo.

— Era... Era...

— Quer dizer — interrompeu Luana —, no fundo, daquele jeito horroroso dele, o coronel gostava do enfermeiro?

— Ou... sei lá! — cismou Tina.

— Um "sei lá", neste caso, pode ser muito sábio — disse Carolina. — Ele agora está voltando à cidade, para receber a herança. Vamos em frente.

[...] A imaginação ia reproduzindo as palavras, os gestos, toda a noite horrenda do crime [...]

Crime ou luta? Realmente, foi uma luta em que eu, atacado, defendi-me, e na defesa [...] Foi uma luta desgraçada, uma fatalidade. Fixei-me nessa ideia. E balanceava os agravos, punha no ativo as pancadas, as injúrias [...]

— E, já que ele está fazendo contas, deve estar calculando também quanto vai receber na herança — acusou Rosana.

— Ué! — riu Carolina — Agora vocês estão contra o enfermeiro?

[...] Considerei também que o coronel não podia viver muito mais; estava por pouco; ele mesmo o sentia e dizia. Viveria quanto? Duas semanas, ou uma; pode ser até que menos. Já não era vida, era um molambo de vida [...] E quem sabe mesmo se a luta e a morte não foram apenas coincidentes? Podia ser, era até o mais provável; não foi outra coisa. Fixei-me também nessa ideia [...]

— É isso mesmo que eu entendi? Ele agora tá querendo se convencer de que a morte do coronel não teve a ver com estrangular o cara? Que isso foi só um detalhe à toa? — quis confirmar Tina.

— Isso! — disse Carolina, sorrindo. — O que você acha?

— Que cínico!

Perto da vila apertou-se-me o coração, e quis recuar; mas dominei-me e fui. Receberam-me com parabéns [...]

Estava atordoado. Toda a gente me elogiava a dedicação e a paciência. [...] Durante esse tempo, falava muita vez do coronel. Vinham contar-me cousas dele [...] eu defendia-o, apontava algumas virtudes, era austero [...]

— Qual austero! Já morreu, acabou; mas era o diabo.

E referiam-me casos duros, ações perversas, algumas extraordinárias. [Eu] defendia o coronel, explicava-o [...] sim, que era um pouco violento [...] Um pouco? Era uma cobra assanhada, interrompia-me o barbeiro [...] Mandei [...] levantar um túmulo ao coronel, todo de mármore [...]

Os anos foram andando, a memória tornou-se cinzenta e desmaiada. Penso às vezes no coronel, mas sem os terrores dos primeiros dias. [...]

Adeus, meu caro senhor. Se achar que esses apontamentos valem alguma cousa, pague-me também com um túmulo de mármore, ao qual dará por epitáfio esta emenda que faço aqui ao divino sermão da montanha: "Bem-aventurados os que possuem, porque eles serão consolados".

— Mas cínico é pouco para esse cara! — protestou Tina. — E faz piada até com o Sermão da Montanha, uma coisa tão bonita, tão inspiradora.

— E o que o tal coronel fez? — cravou Zé Henrique, e Alex até ia concordando, mas não quis falar nada porque agora fazia de tudo para não contrariar Tina: é que o namoro começava a engrenar.

Foi Laura quem protestou.

— Mas o enfermeiro assassinou o coronel. E ficou com o dinheiro dele!

— Essa história de ele ter se sentido culpado no começo pode ser uma baita duma mentira — acrescentou Luana. — A frase dele no final... Nossa! É de arrepiar! Que frieza!

Rosana se mostrava em dúvida, olhos grudados no livro, relendo aos pulos partes do conto, tão compenetrada como se fosse o júri que iria decidir pela culpa ou inocência do personagem. E Lucas ficava olhando de um para o outro, interrogativamente, como se sua opinião variasse de acordo com quem acabara de falar.

— É muito fácil — disse por fim Carolina — a gente decidir que o malvado é culpado e o bonzinho é inocente. Dizer que o que agride é o violento e quem é agredido é a vítima. Mas como encaixar esses termos numa história como essa?

— Ora — protestou Laura —, o enfermeiro cometeu um crime.

— E eu — disse Lucas, enfim tomando partido — acho que foi o coronel quem provocou! O cara mereceu!

— É. Julgar fica complicado quando Machado coloca as coisas assim tão sem contraste. Se fosse um feio, outro bonito, ajudava. A gente vive caindo nessa. Aqui, ambos os personagens, cada qual ao seu modo, têm seu lado humano. Lembram o que ele escreveu no começo? É um relato humano.

— E o fantasma? — cobrou Lucas de Carolina. — Você disse que a gente ia caçar fantasmas lendo este conto.

— Disse, sim. O fantasma desse enfermeiro, que está entregando seus "sapatos de defunto" a uma outra pessoa. Pensem só: por toda a vida, ele guardou esse segredo. Seu maior segredo. Só agora, protegido pela morte, o confessa. É como se ninguém nunca, em toda a sua vida, tivesse conhecido de verdade essa pessoa. Ele nunca deixou que o conhecessem. A Laura ficou com pena da solidão do coronel. Mas e a do enfermeiro? Ele também é tão solitário! Como o coronel, parece que está morrendo sem ninguém ao seu lado. Nunca se mostrou. Nunca teve coragem.

— Eu também tive essa impressão — confessou Laura. — O enfermeiro também ficou muito sozinho na vida.

— Pois é. Até a decisão de ocultar seu crime, de ficar com o dinheiro, tomou sozinho. Decidir a vida da gente é um risco, porque é sempre um ato solitário. Quem decide pela gente? Ninguém. Nada. Nem mandamentos religiosos, nem as leis, nada. A gente é quem decide o que vai fazer da vida e paga o preço. Um dos fantasmas que habitam as obras de Machado é a possibilidade de o ser humano, com suas escolhas na vida, se condenar a uma solidão total, absolutamente fechado em si mesmo. Muitos de seus personagens são exatamente isso, para mim: solitários. Às vezes, tentam contar sua história, como se fosse para nos pedir companhia. Mas, ao contá-la, o que acontece é se mostrarem, inclusive a si mesmos, mais e mais solitários. O enfermeiro viveu e vai morrer solitário.

Carolina tomou fôlego, então prosseguiu:

— É um fantasma terrível, esse extremo da solidão que pode tomar a vida da gente. Me assusta um bocado. Assusta a vocês também?

Houve um silêncio eloquente entre a garotada, depois Carolina concluiu:

— Ainda bem que não precisa ser assim. E na própria obra de Machado há um outro fantasma, ou melhor, um bom espírito, que se contrapõe ao fantasma da solidão. É o que a gente vai encontrar no próximo conto, "Eterno!", o último dessa nossa série.

• • •

Naquela noite, no conto de Laura, a garota do ático, já junto da mesa, com os objetos dispostos, examinou por longos instantes a moringa, correspondente ao conto "O enfermeiro". Mas sem tocá-la. E não apenas porque a moringa tinha detonado a tragédia do conto, ao ser atirada contra o rosto do enfermeiro, pelo coronel, mas porque, em seu íntimo, pressentia, sim, que dentro daquela moringa poderia, muito bem, habitar um fantasma.

A moringa a assustava.

A luz da tarde que entrava pelas claraboias do teto já perdera sua ardência. A garota calculou as horas, olhou de novo para a porta, aflita, preocupada com aquele tempo que não parava quieto.

Pensou em como estaria tudo, lá embaixo, na casa, as pessoas, o ar, o silêncio, a noite que ia chegar. Teve medo dessa noite. Não queria que chegasse.

"E, se eu passar a noite, aqui, no ático?", pensou a garota, e não pôde se reprimir de completar o pensamento: "... com a vovó Benícia".

Pensou logo que ia sentir medo de seu próprio pensamento; mas não.

Não sentiu medo nenhum.

"Aqui... com vovó Benícia."

Pôde entender então que nem todos os fantasmas são iguais.

Retornou para a poltrona e se enfiou o mais que pôde no estofado. Seu olhar indo da claraboia, a luz cada vez mais fugitiva que escoava para dentro do ático, para a porta. A porta fechada, separando-a do luto.

"A solidão de se esconder dentro de si mesma", pensou Laura. E pegou logo o conto "Eterno!" para começar a ler.

• 13 •

Canários

Toda manhã, Carolina chegava à Biblioteca cerca de uma hora antes do início do atendimento ao público. No começo, dizia para si mesma que fazia isso para deixar tudo pronto, para conferir no computador novas aquisições de livros ao acervo, atrasos nas devoluções de livros emprestados e outras providências. Mas logo se convenceu de que nada daquilo era o motivo principal.

Gostava de "namorar o salão", aquelas estantes cheias de volumes e as mesas de leitura. Era ali que fazia questão de estar quando as portas da Biblioteca eram abertas e tudo ia ganhando rumores e movimentos. Sorria, então, satisfeita consigo mesma, com a decisão de ter vindo atrás de seu sonho e retornado à cidade que, em seu coração, nunca deixou de considerar seu lar.

Um ano e meio atrás, a Biblioteca não existia. Quando lhe apresentaram o pequeno prédio onde seria instalada, se tivesse enxergado apenas o que seus olhos viam, fugiria de volta para o Rio. O lugar era escuro, cheio de infiltrações, assoalho solto, tudo caindo aos pedaços. A maioria das pessoas da cidade dizia que só serviria para ser demolido. "Só que a neta de vovó Benícia, esta, agora, bem vivida, viu aquele horror e enxergou outra coisa."

... Um bocado de trabalho pela frente.

Teve uma visão e se apaixonou por ela: um lugar habitado por pessoas e livros.

Por isso, arrepiava-se quando as primeiras pessoas entravam e começavam a percorrer as alas entre as estantes, revoando incertas e cheias de expectativas, como canários recém-fugidos de suas gaiolas, procurando descobrir o que é o mundo que nunca viram. Do qual, em seu voo de iniciação, começavam a tomar posse. E pegando volumes, abrindo-os sobre a mesa. E inclinando a cabeça sobre eles, mergulhando...

Nessas horas, tinha uma sensação que Carolina só conseguia definir por uma palavra, muito gasta, mas, no caso, tão precisa: felicidade!

Naquela manhã, Laura foi a primeira a entrar. "Um canário...", pensou Carolina. "... Já pressentindo que vai descobrir que canta e que daí há de descobrir também um tanto de mundo. Com medo e querendo ao mesmo tempo." Carolina sorriu, e foi esse seu sorriso que acolheu a menina, a fez relaxar o aperto dos dedos e estender a pasta transparente para a bibliotecária.

— Outro conto?

— É, mas — ela riu sem graça; as duas só então se deram bom-dia, e daí Laura completou: — acho que não deveria ter escrito esse daí!

— Por quê? — estranhou Carolina, já curiosa para abrir a pasta.

— Porque... a história não é minha. E eu usei, mudei, como se fosse. Você lê? Por favor, queria muito que *você* lesse.

A ênfase no "você" fez Carolina ficar mais curiosa ainda.

— Claro. E depois a gente conversa.

Só que Laura continuava à sua frente, parada, os lábios prometendo dizer alguma coisa.

— Eu... — disse ela quase baixo demais; Carolina teve de se esforçar para escutar — vou fazer a oficina de criação literária. Vou para o Rio de Janeiro.

Carolina soltou um sonoro “Uau!” e a abraçou.

— Tem certeza? — exclamou Carolina. — Decidido mesmo?

— Mesmo — disse ela, quase um piado. Mas a palavra seguinte saiu firme. Triste, mas firme: — Decidido!

Então Laura sorriu, sussurrou um tchau e se foi. Já havia bastante público, na Biblioteca, a essa hora. Carolina soltou um suspiro e foi percorrer o salão, roubando, com suas espiadas de esguelha e ouvidos atentos, um ou outro fragmento de cena e os guardando na lembrança para recordá-los, todos, à noite, quando se sentasse na poltrona de leitura, no ático da vovó Benícia.

• 14 •

O alquimista

Cousas do Tempo! Dá-se-lhe um punhado de lodo,
ele o restitui em diamantes...
"Eterno!"

Dessa vez, quem iria conduzir a leitura era o Alex. Ele trocou um sorrisinho com Tina, ela lhe mandou uma piscadela, e então o garoto começou:

— Bem, o conto é sobre dois sujeitos, o Norberto e o Barros. São colegas, estudantes de Medicina, no Rio de Janeiro. O Norberto está apaixonado, quer dizer, está metido num rolo danado. A moça é casada, uma baronesa, Iaiá Lindinha... Bem, o conto começa com o Norberto desesperado por causa de uma notícia que recebeu. É o tal Barros quem está contando a história:

Norberto [...] tinha-me escrito cedo [...] contava-me na carta que não dormira, que recebera um golpe terrível, falava em atirar-se ao mar. Eu, apesar de outro golpe que também recebera, acudi ao meu pobre Norberto. Éramos da mesma idade, estudávamos medicina, com a diferença que eu repetia o terceiro ano, que perdera, por vadio. Norberto vivia com os pais; não me cabendo igual fortuna, por havê-los per-

dido, vivia de uma mesada que me dava um tio da Bahia, e das dívidas que o bom velho pagava semestralmente. Pagava-as, e escrevia-me logo uma porção de coisas amargas, concluindo sempre que, pelo menos, fosse estudando até ser doutor. Doutor, para quê? dizia comigo. Pois se nem o sol, nem a lua, nem as moças, nem os bons charutos Vilegas eram doutores, que necessidade tinha eu de o ser? E toca a rir, a folgar, a deixar correr semanas e credores.

Falei de um golpe recebido. Era uma carta do tio, vinda com a do Norberto, naquela mesma manhã [...]: "[...] estou farto de gastar à toa o meu dinheiro com o senhor. Se quiser concluir os estudos, venha matricular-se aqui, e morar comigo. Se não, procure por si mesmo recursos; não lhe dou mais nada".

Amarrotei o papel [...] e disse-lhe os nomes mais feios, de maluco para baixo. [...] mas eu estava tão afeito a ir à rua da Quitanda receber a pensão mensal e a gastá-la em dobro, que mal podia adotar outro sistema.

Foi nesse ponto que abri a carta do amigo Norberto e corri à casa dele [...] agora [...] disse com olhar sombrio que esperava de mim outros conselhos.

— Quais? [...]

Norberto deu de ombros [...] Que era ser homem senão amar a mais divina criatura do mundo e morrer por ela? [...]

— Morrer por ela? disse eu.

Jurou-me que sim; era capaz de matar-se. Mulher misteriosa! A voz dela entrava-lhe pelos ossos... E dizendo isto, rolava na cama, batia com a cabeça, mordia os travesseiros.

— Daí — debochou Lucas —, quando esse Barros pergunta se a baronesa gosta dele, o Norberto responde: "Não digo que sim, nem que não".

— Isso eu também achei gozado — reforçou Tina. — Está tudo na imaginação dele, né? Na verdade, ele não ia se matar, ia?

— Sei não — considerou Carolina. — Morrer por uma desilusão amorosa era quase uma obrigação, no Romantismo. Meio que estava na moda, entendem? Assim como a figura da tal baronesa: vinte e cinco anos, o marido trinta anos mais velho, rico...

— No conto sabe-se que o marido comprou até o título, para agradar a ela — comentou Rosana. — Não era barão coisa nenhuma. Comprou como?

— Deve ter pago uma fortuna ao governo do Império — explicou Carolina. — Às vezes era assim que a pessoa se tornava nobre por aqui. Estão vendo? É o enredo perfeito da história romântica. Rapaz de condição modesta salva mocinha de ricaço que pensa que é dono de tudo, até dela. E, tradicionalmente, a coisa acabaria com os dois juntos, ou em tragédia. Só que o Machado vai pôr um bocado de graça a mais nessa trama.

— Bem — retomou Alex. — O barão e a mulher estavam casados de pouco, e tinham chegado vindo da Bahia. Daí, o tal golpe que fez o Norberto dar esse ataque todo. O casal estava voltando para a Bahia, assim como o Barros.

Contei-lhe o caso da carta, e as ordens de meu tio para ir matricular-me na Bahia, e estudar ao pé dele. Norberto escutou-me alvoroçado. Na Bahia? Iríamos juntos [...] Confesso que o plano pareceu-me excelente, e demo-nos a ele com afinco. A mãe, apesar de muita lágrima que teria de verter ao despegar-se do filho, cedeu mais prontamente do que supúnhamos. O pai é que não cedeu nada [...] foi inflexível.

Podem imaginar o desespero do meu amigo [...] Norberto [...] pedia a morte [...] tratava do modo de fugir ao Rio de Janeiro. [...] Tirei-lhe essa ideia da cabeça unicamente no interesse dele próprio.

— Ainda se fosse útil, vá — disse-lhe eu —; mas ir sem certeza de nada, ir dar com o nariz na porta, porque a mulher, se não gosta de ti, e te vê lá [...] não te recebe.

[...] padecia com ele, a razão cedia à compaixão. [...] Daí esta promessa que lhe fiz.

— Tenho uma ideia. Vou com eles, já nos conhecemos, é provável que frequente a casa [...] sondo-a a teu respeito. Se vir que nem pensa em ti, escrevo-te francamente que penses em outra cousa; mas se achar alguma inclinação, pouca que seja, aviso-te, e, ou por bem ou por mal, embarca.

Norberto aceitou alvoroçado a proposta; era uma esperança. [...] afirmou que o desengano matá-lo-ia, porque esse amor, eterno como era, iria fartar-se na morte e na eternidade.

— Uau! — exclamou Lucas. — Que frase!

— Taí... — disse Rosana, ranzinza. — Não sei por que garoto tem mania de achar ridículas essas coisas apaixonadas!

— Porque... é meio ridículo, mesmo, não é? — defendeu-se Lucas.

Carolina estava se divertindo, mas precisava chamar a atenção da garotada para um detalhe...

— Não vai ser a única frase romântica-radical de "Eterno!". Machado brinca com elas no conto, e também com a própria concepção de amor do Romantismo. Importante: é a primeira vez que aparecem as palavras "eterno", "eternidade" no conto. Gravem bem, para comparar com algo mais à frente.

— Bem, o tal Barros vai chegar à Bahia e logo começa a executar seu plano. A primeira coisa era se tornar amigo do casal.

Fui ao Bonfim. A baronesa [...] recebeu-me com tanta graça, e o marido era tão hospedeiro e bom [...]

— Machado não facilita nossa vida. Se fosse uma história romântica tradicional, um folhetim bem aventuresco e meloso, esse marido seria um ogro! Daí, nós o detestaríamos e tudo bem! — comentou Carolina. — Vamos em frente.

que me envergonhei da particular comissão que trazia. Mas durou pouco a vergonha, vi o desespero do meu amigo [...]

Naturalmente, conversamos do Rio de Janeiro. [...] Tinha amigos [...]

— [...] Conheceu bem o meu pobre Norberto? [...] a melhor alma, a mais pura e mais ardente que Deus criou. [...] Coitado do meu Norberto! Não imagina que homem talhado para dous ofícios ao mesmo tempo, arcanjo e herói, para dizer à terra as delícias do céu, e se [...] for preciso ir lá levar as lamentações humanas...

Só no fim desta fala compreendi que era ridícula.

— Ainda bem que ele reconheceu! — chiou Lucas.

— Vejam! — alertou Carolina. — Mais uma... E, dessa vez, como Lucas disse, o próprio Machado nos chama a atenção para se ver como esse tipo de expressão está superado. Vamos ler, vamos ler!

[...] Sei que o papel que eu fazia não era bonito; mas já lá se vão vinte e sete anos. Confio do Tempo, que é um insig-

ne alquimista. Dá-se-lhe um punhado de lodo, ele o restitui em diamantes; quando menos, em cascalho [...] Já lá vão vinte e sete anos!

Gastei mais de meio em bater à porta daquele coração, a ver se lá achava o Norberto; mas ninguém me respondia [...]

Visitava-os a miúdo. Quando lá não ia três noites seguidas, vivia aflito e inquieto; corria a vê-los na quarta noite, e era ela que me esperava ao portão da chácara, para dizer-me nomes feios, ingrato, preguiçoso, esquecido [...] a pessoa não deixava de estar ali à espera, com a mão prestes a apertar a minha, — às vezes, trêmula, — ou seria a minha mão que tremia; não sei.

— Lindo! — exclamou Luana. — Que delicadeza de cena!

— Tudo em detalhes. A vigia na porta da chácara. As mãos. Sem frases grandiosas, agora! — marcou bem Carolina. — Um romantismo sem frases românticas. Mas a frase-espetáculo vem aí para dizer como os dois estavam começando aos poucos a se apaixonar, sem querer reconhecer: "Beirávamos o abismo, ambos teimando que era um reflexo da cúpula celeste, — incongruência para os que não andam namorados". Mas, percebam, nada trágico. Nada de "Oh! Meu amor impossível!". Olha o rolo! Dupla traição, ao amigo do Rio, e ao marido, anfitrião dele. Num folhetim romântico, isso rendia um drama com final em desgraça. Mas, aqui, tudo tranquilo, paciente. Ele já tinha dito que confiava no tempo, certo? Já o apaixonado romântico é um ansioso, que não aceita que o tempo ande sozinho.

— Dão é uma sorte danada — disse Alex, e Tina deu nele um beliscão, horrorizada:

— Menino! Que maldade!

— Mas foi, ora! — respondeu Alex, rindo e esfregando o braço dolorido.

[...] A morte resolveu o problema, levando consigo o barão, por meio de um ataque de apoplexia [...] Era um excelente homem, a quem a viúva pagou em preces o que lhe não dera em amor.

Quando eu lhe pedi, três meses depois, que, acabado o luto, casasse comigo, Iaiá Lindinha não estranhou nem me despediu.

— Lógico! — replicou Rosana.

— E ela foi esperta! Vai pôr o cara nos trilhos! — reforçou a irmã, Luana. — Até que enfim, um personagem mulher no Machado que não se deixa enrolar!

Ao contrário, respondeu que sim, mas não tão cedo; punha uma condição: que concluísse primeiro os estudos, que me formasse. E disse isto com os mesmos lábios, que pareciam ser o único livro do mundo, o livro universal, a melhor das academias [...]

— O curioso é que esse trecho me lembra um poema que o Machado fez para a mulher dele, minha xará, Carolina, e que publicou mais ou menos no ano em que se casaram. O poema é assim:

Teus olhos são meus livros.
Que livro há aí melhor,
Em que melhor se leia
A página do amor?

Flores me são teus lábios.
Onde há mais bela flor,
Em que melhor se beba
O bálsamo do amor?

— Puxa! — exclamou Laura. — Mas é muito romântico.

— Em todos os sentidos! — concordou Carolina. — Só acho que não é à toa que ele repete no conto quase a mesma imagem, aproximando amor e livros, trinta anos depois. Carolina foi uma pessoa muito importante para Machado; ele ouvia seus conselhos, inclusive literários. Não era um casamento tradicional, da época. Bem... Então esse Barros quer discutir com a baronesa, argumentar, mas ela não dá bola, e diz: "Só me caso com um doutor!"...

— Muito inteligente. Esse Barros sempre foi um malandro. Pelo menos teria uma profissão! — falou Zé Henrique.

— Vamos seguir — pediu Carolina. — É agora que ele vai reencontrar o Norberto, no Rio de Janeiro. Lembram-se? O Barros fica todo preocupado por causa do seu reencontro com o Norberto. No entanto, não conta nada à mulher.

No fim de quatro dias, soube que Norberto morava para os lados do Rio Comprido; estava casado. Tanto melhor. Corri a casa dele. Vi no jardim uma preta amamentando uma criança, outra criança de ano e meio, que recolhia umas pedrinhas do chão, acocorada.

— Nhô Bertinho, vai dizer a mamãe que está aqui um moço procurando papai.

O menino obedeceu; mas, antes que voltasse, chegava de fora o meu velho amigo Norberto. Conheci-o logo [...] lançamo-nos nos braços um do outro. [...]

— Entremos. Que é? continuou ele inclinando-se para Nhô Bertinho, que lhe abraçava uma das pernas.

Pegou dele, alçou-o, deu-lhe trinta mil beijos ou pouco menos [...] com as mãozinhas espalmadas [o filho] pegava da cara do pai, pedindo-lhe mais beijos. Depois, foi à criança que mamava, não a tirou do regaço da ama, mas disse-lhe muitas coisas ternas, chamou-me para vê-la; era uma menina. [...] Não podendo ter-se, inclinou-se e beijou-a [...]

— Que pai coruja! — riu Tina.

— E que maridão também — acrescentou Rosana.— Olha só...

[...] Vi uma moça à porta da sala, que dava para o jardim; a porta estava aberta, ela esperava-nos [...] entramos na sala. Norberto pegou-lhe nas mãos, e deu-lhe dous beijos. [...] Era bela [...] Certo é que o marido tinha-lhe adoração.

— E nem papo sobre a baronesa — riu Lucas.

— Nada — assentiu Alex. — Mas a palavra "eterno" vai voltar à cena, bem na saída do Barros. E o Norberto continuava a babar pela esposa.

— *Viste-a bem? perguntou-me ele à porta do jardim. Não te digo o sentimento que nos prende, estas cousas sentem-se, não se exprimem. De que sorris? Achas-me naturalmente criança. Creio que sim; criança eterna, como é eterno o meu amor. [...]*

— Eterno enquanto dura! — resmungou Lucas.

— Shhh!

— *Eterno! — disse comigo. — Tal qual o amor que ele tinha a minha mulher.*

E, voltando-me para o cocheiro, perguntei-lhe:

— *O que é eterno?*

— *Com perdão de V. Sª, acudiu ele, mas eu acho que eterno é o fiscal da minha rua, um maroto que, se não lhe quebro a cara um destes dias, a minha alma se não salve. Pois o maroto parece eterno no lugar; tem aí não sei que compadres [...]*

Cheguei ao Hotel de Estrangeiros ao declinar da tarde. Minha mulher esperava-me para jantar. Eu, ao entrar no quarto, peguei-lhe das mãos, e perguntei-lhe:

— O que é eterno, Iaiá Lindinha?

Ela, suspirando:

— Ingrato! é o amor que te tenho!

Jantei sem remorsos; ao contrário, tranquilo e jovial. Cousas do Tempo! Dá-se-lhe um punhado de lodo, ele o restitui em diamantes...

Assim que a leitura terminou, uma discussão acalorada se levantou, uns criticando, outros defendendo Norberto. Carolina deixou a coisa rolar por um tempo, depois disse:

— Certo. O Norberto jurou amor eterno, disse que ia se matar...

— Tudo fogo de palha! — riu Alex.

— ... E o vemos jurar tudo de novo, e se entregar a outro amor com a mesma paixão. Ou talvez seja uma paixão ainda maior, tirem suas conclusões. Mas, reparem, Machado não o está julgando, nem muito menos condenando.

— É verdade! — concordou Rosana. — A cena dele com os filhos e com a mulher é uma ternura só.

— Talvez alguns contos do Machado fiquem se pegando em defeitos de seus personagens. Este, não. Há defeitos em Norberto, o que trocou de paixão? Ou qualidades em Bastos, o malandro, que traiu um amigo? E toda essa ternura... tão humana? A velha máxima, "ninguém é perfeito", lembram? Todos temos defeitos que não transformam ninguém em monstro. Apenas... em seres humanos! Somos humanos também porque temos defeitos, é característica desta espécie! E o que são defeitos, afinal? Quem define? Em que situação? Com que critérios de virtude? Com que direito? Ou arrogância? Agora, lembram-se também do fantasma da solidão? Aquele, tão medonho!

Carolina respirou fundo, segurando a emoção para poder falar:

— Norberto e seu amor eterno... Ele se entrega ao amor que sente. Ele efetivamente ama! Não é um mártir do amor. Nem o amor dele é puro, maciço, inquebrável, *eterno!* Não no sentido romântico. Tem seus deslizes. Mas é um personagem que se salva da solidão, assim como Barros e Iaiá Lindinha. E consegue isso deixando de fugir do amor, imperfeito, que seja. Sem fugir das pessoas, dos riscos, como fizeram os eremitas de Machado. Daí, fico pensando em Machado quando leio esse conto. Posso estar inventando um personagem e dando a ele o nome do meu escritor favorito. Posso estar lendo os contos dele com olhares meus, de hoje, não os dele e do tempo dele, e me arrisco a arrepiar Machado, dentro do seu mausoléu. Muita gente já caiu nessa tentação de tentar desvendar Machado por meio da sua obra. Mas não consigo evitar. Tenho de me entregar também, entendem? Na última crônica que publicou, em 11 de novembro de 1897, ele escreve:

Eu gosto de catar o mínimo e o escondido. Onde ninguém mete o nariz, aí entra o meu, com a curiosidade estreita que descobre o encoberto [...] A vantagem dos míopes é enxergar onde as grandes vistas não pegam.

— Acho que isso é bem ele. Uma criatura focada no escondido, na sutileza reveladora. Um cético, que não ia na onda de seu tempo. Alguém que fazia questão de pensar com a própria cabeça. E que ao mesmo tempo fazia isso... discretamente! A genialidade de Machado tem a ver com a discrição com que ele a exibe. Mas a vantagem de enxergar o que outras vistas não alcançam também o separa dos demais. E é dessa maneira que ele é um solitário. Que sempre foi. Que sempre quis ser. Alguém que teve seu mundo próprio. Ele...

A voz de Carolina se embargou.

— Ele era descendente de escravos, como eu. Ficou órfão de mãe muito cedo, teve uma infância pobre, dificuldades para estudar. Era tímido, gago, epilético. Havia muitas coisas que poderiam tê-lo afastado, ressentido, das pessoas. Para ser somente o que alguns estudiosos da literatura o acusaram de ser, um crítico implacável do que consideraria os vícios da espécie humana. E, então, ia se tornar mais solitário ainda. Mas ele soube se salvar disso. Entregando-se a suas paixões. Primeiro, pela literatura, que lhe deu prestígio, que o tornou celebrado, respeitado, querido do público. Depois, por sua Carolina, seus livros e flores, seu amor, com quem discutia suas leituras e o que ia escrevendo, sentados, os dois, até tarde da noite, na sua sala, de mãos dadas, numa cadeira de balanço para casal que tinha o sugestivo nome de "namoradeira". Carolina foi sua grande companheira, o que era raro, nos casamentos daquele tempo. Finalmente, quando Machado morreu, sofrendo muito de um câncer na boca, e já viúvo e saudoso havia quatro anos, seu leito estava cercado de alguns dos maiores nomes da cultura brasileira, seus amigos e admiradores. E sabem qual foi sua última frase? "A vida é boa!" Essa vida que ele observou, em suas debilidades e ternuras, nos bons e nos maus, e a homenageou, e a enriqueceu com suas obras! Na obra de Machado de Assis, assusta perceber que o ser humano pode, sim, escolher ser uma aberração, de tão solitário. Que isso está ao meu alcance, que é tão possível me retrair até me deixar perder deste modo. Mas há outra coisa lá, que eu sinto... que podemos também escolher... amarmos e sermos amados.

• 15 •

É tempo

A crônica é essa mesma, de 1897. A última que Machado publicou. Passa boa parte dela especulando sobre que glórias e lendas terá uma espada que vê numa loja de penhores. Terá sido de que generais? Participado de que batalhas? Desempenhado que papéis na História?

De repente, solta esta, é seu parágrafo de fechamento: "Agora que vou acabar a crônica, ocorre-me se a espada não será acaso alguma espada de teatro, empenhada pelo contrarregra a quem a empresa não tivesse pago os ordenados. O pobre-diabo recorreu a esse meio para almoçar um dia. Se tal foi, façam de conta que não escrevi nada, e vão almoçar também, que *é tempo*!"

É tempo de concluir a história daquela garota de treze anos que subiu ao ático onde, até aquele dia, apenas a sua avó, Benícia, entrava. Lá ela ficou um dia inteiro, e boa parte da noite, lendo contos que a avó lhe deixou e, a cada conto lido, ia relacionando-os com objetos dispostos sobre uma mesa no centro do salão.

A essa altura, já deve ter acariciado os dois pares de grossas alianças de ouro, alianças de casamento, em sua caixa de veludo, evocando os dois casamentos, dois esposos e duas esposas, duas histórias de amor e de juras de amor para sempre, do último conto, "Eterno!" A essa altura também o ático já devia restar às escuras, e as claraboias deixando passar para dentro dele apenas um braço do luar.

Ninguém dera pela falta da garota. A casa aqui fora está silenciosa, apagada, recolhida. A porta do ático só agora se abre. Ela sai, temerosa, e ensaia dois passos, dois degraus que desce, então para, pensa... Não sabe dizer o que lhe ficou de todo aquele dia; nem muito menos, ao certo, o que sua avó lhe deixou, como substituto de si neste mundo, para lhe apontar, tão sutilmente, e com tanto carinho e alegria, caminhos da vida. A garota não sabe se lhe ficou alguma coisa. Ela não sabe...

Mesmo assim, para no segundo degrau. E de repente volta atrás, abre a porta de novo, entra no ático. Por um instante, a escuridão do ático, através do vazio da porta, conversa com a escuridão da casa e, cortando de uma para a outra, sobras de luz e seus reflexos, vindo do exterior por janelas. Então, a garota surge de novo, na porta, fecha-a e, quando está descendo, os dois braços apertando-o contra o peito, está com o livro que a avó lhe deixou.

Ela não sabe ainda o que lhe ficou.

Ainda não sabe.

Mas vai levar consigo...

• • •

— Que tal? — perguntou Carolina.

Laura estava deslumbrada de estar ali.

— Não tem a mesa, com aqueles objetos, que nem no seu conto. Mas o resto....

— É como você descreveu! — disse Laura, emocionada.

— Como você imaginou. Você deu vida a coisas que eu mencionei de passagem. "O mundo é dos canários" me emocionou muito, sabe? E, caso ainda não se tenha dado conta, em três décadas, você é a única pessoa além de mim a entrar no ático da vovó Benícia.

Laura sorriu, agradecida.

— Bem — pigarreou Carolina... — Quando você está indo para o Rio?

— Amanhã cedo. O Clube continua, né?

— Claro. Ansioso por sua volta!

Laura sorriu, corando, e logo a seguir se despediram, com um abraço apertado:

— Volte mais linda ainda, menina! — disse Carolina.

E Laura, garganta apertada, sussurrou:

— Obrigada... por tudo!

— Obrigada você também.

• • •

Laura esperou pelo telefonema de Juca até bem tarde. Mas o telefone não tocou. Sua mala já estava pronta; a roupa de viagem, separada. Viu e reviu tudo. Mas, certa hora, entendeu que não havia mais o que ver nem rever. *É tempo*. Era hora de parar de esperar e ir para a cama.

Mal havia se deitado, quando a campainha do telefone atravessou ligeiro o silêncio da casa, e mais ligeira ainda ela se levantou e correu para atender.

— Oi... Eu! — ele disse.

— Já sabia. Assim que tocou o telefone...

Houve uma pausa, silêncio. Então ele disse:

— Sabe um lance que não me sai da cabeça? A hora em que eu me machuquei, naquela droga de jogo.

— Deve ter doído bastante.

— Nem me lembro. Não, claro que doeu. Mas o que eu fico lembrando é de um segundo antes, dois segundos, quando eu ainda estava correndo para a bola... — Pausa, e Laura podia jurar que ele reprimira um soluço. Sua voz era de quem estava chorando no escuro, sozinho, no quarto, do outro lado da linha. — Eu soube que ia me machucar! Sabia! Na hora, eu sabia. Juro!

— Então...? Por quê?

Ele fez uma longa pausa. Então riu, um sorriso que soou triste:

— Laura...?

— Sim...!

— Aqui na cidade, todo mundo sempre dizia que um dia eu ia jogar no Rio. Ou mesmo fora do Brasil. Era a coisa mais certa do mundo, em Colinas da Lua. Que eu era um craque. Que eu nasci craque! Que um dia... Você entende, Laura? Sempre ouvi essas coisas de todo mundo. E tinha um olheiro lá. Ia acontecer. Naquela tarde, ia acontecer. Tudo! Não consegui entender até agora que droga eu quis fazer... Mas eu fiquei com medo! Acho...

— Você é muito bom, Juca! Você é ótimo!

Juca sorriu, do seu lado na linha.

— Vou ter que dar um duro danado para voltar a jogar. Meu pai já avisou. Muita fisioterapia. Muito treino. Se eu conseguir arrancar de novo para dentro da área como antigamente, então, bem... acho que vou merecer outra chance de testar se sou mesmo tão bom assim. Nunca fiz por merecer essa chance, Laura. Mas, agora, prometo a você: vou fazer!

— Sei que você vai!

— Irônico, né? Eu é que era candidato a sair de Colinas da Lua... e você é que está indo para o Rio.

— Eu vou voltar logo!

— Volta! Eu vou te esperar. Ou vou pra lá, atrás de você! Tchau!

— Te amo, Juca.

— Eu também te amo, Laura. Tchau! Tchau!

Mas eles ainda iam demorar mais de meia-hora até conseguirem desligar.

• • •

Àquela mesma hora, no escuro do ático, Carolina se levantou da poltrona de leitura e foi até uma manivela de metal, disfarçada na parede. Girando-a, as claraboias se abriam, liberando o ar do ático. Fora uma das mudanças introduzidas por ela, na reforma da casa. O luar já havia escorregado para outros telhados, a essa hora, e ela pôde enxergar algumas estrelas, lá no azul infinito do céu noturno. Carolina ficou fitando as estrelas, seu pisca-pisca, como se lhes encomendasse algo. Então murmurou:

— Acho que você queria que eu entendesse um dia é que aqui... aqui — e fez um gesto arrodeando o salão — é agora o ático da Carolina, não é?... Adeus, tá? Vovó Benícia... Adeus!

Outros olhares sobre os contos de Machado de Assis

Depois de seguir Laura e Carolina nesse breve passeio pelos enigmas de Machado de Assis, saiba um pouco mais sobre a vida e a obra desse autor e conheça outras criações livremente inspiradas em textos seus.

Um escritor de seu tempo

Filho de um operário mulato e uma lavadeira portuguesa dos Açores, Joaquim Maria Machado de Assis nasceu em 1839, no Rio de Janeiro, e viveu a infância em condições humildes.

Muito jovem, Machado começou a trabalhar na imprensa, publicando versos e crônicas. Para assegurar a sobrevivência, aos vinte e sete anos ele ingressou na carreira burocrática, tornando-se, mais tarde, alto funcionário.

Como escritor, Machado praticou quase todos os gêneros dominantes na época. Foi poeta, cronista, tradutor, crítico e comediógrafo, mas destacou-se sobretudo na ficção em prosa, como contista e romancista. Quando da fundação da Academia Brasileira de Letras, em 1897, foi escolhido como seu presidente. Machado morreu em 1908, sendo enterrado com muitas honras e discursos.

Machado de Assis (1839-1908), dono de uma obra impregnada pelas contradições da vida social brasileira.

Ao longo de sua atividade literária, ele acompanhou de perto as transformações que ocorreram no Brasil durante a segunda metade do século XIX. O centro dessas mudanças era o Rio de Janeiro, onde o escritor nasceu e viveu. A cidade se modernizou em vários aspectos, com o aumento dos artigos de luxo e das mercadorias importadas.

Era o progresso que enfim chegava, o que provocava entusiasmo em muitas pessoas. O que nem todos percebiam, contudo, era que esse progresso não modificava de maneira mais funda a organização insatisfatória da sociedade, que, até 1888 (ano da abolição), era basicamente escravista. Uma consequência disso é que a maior parte da população ficava excluída do acesso aos benefícios do progresso, situação que permaneceu para muito além da abolição e da proclamação da República, em 1889.

Machado de Assis percebeu com lucidez essa contradição básica da sociedade, em que o progresso (científico, político, artístico etc.), estando restrito a uma pequena elite, não ajudava a diminuir as desigualdades econômico-sociais. E percebeu também que o modo de entender os acontecimentos sempre *depende do ponto de vista*: se para os mais abastados e poderosos o progresso existente propiciava muitas vantagens, para os pobres e os escravos as coisas eram bem diferentes. Talvez por isso Machado de Assis tenha se interessado tanto pelos aspectos ocultos e menos óbvios das coisas, encarando com ceticismo as ideias prontas e estabelecidas. Sua obra, que está profundamente impregnada da vida social brasileira, possui uma capacidade notável de provocar dúvidas, relativizando as perspectivas e questionando as noções convencionais.

Essa relativização é explorada, minuciosa e metodicamente, nos contos que Machado de Assis reuniu nos livros *Papéis avulsos* (1882), *Histórias sem data* (1884), *Várias histórias* (1896), *Páginas recolhidas* (1899) e *Relíquias de casa velha* (1906). Percorrendo-os, o leitor encontra uma variedade enorme de temas, situações, anedotas, estilos e entonações. Em todos eles Machado prefere levantar perguntas a fornecer respostas definitivas, inventando uma escrita cheia de sutilezas.

É bom lembrar que, durante muito tempo, Machado de Assis foi louvado como grande estilista da língua portuguesa. De fato, sua escrita é sempre clara e elegante, mas não é apenas a limpidez das frases ou o requinte das formulações que dá à sua obra a qualidade de grande literatura. A linguagem simples é trabalhada para sugerir, em cenas aparentemente triviais, a presença subterrânea de significados complexos. O papel da ciência, a preocupação com as aparências, as ideias políticas, a função da arte, a ambição de notoriedade, as mesquinharias do interesse, as convenções sociais, as relações amorosas, os dilemas morais, a loucura, a crueldade, a morte, tudo isso e muito mais é investigado pelo escritor em mais de sessenta contos reunidos em seus livros. Tomados no conjunto, esses contos esquadrinham os mais variados aspectos da realidade. Cada história parece compor, em ponto pequeno, imagens de um universo ficcional em que ressoa a complexa realidade do país, cindida pela contradição básica de que falávamos no início.

Palavras e imagens

Se os textos de Machado de Assis fazem ver o que se encontra por baixo da aparência cotidiana das coisas, os artistas que ilustraram suas obras também tentaram traduzir em imagens as diversas camadas de significações das histórias. É o que fez Poty Lazarotto (1924-1998), que deu sua interpretação da obra de Machado de Assis em uma série de desenhos que acompanham as edições publicadas entre 1988 e 1990 pela Livraria Garnier. O artista paranaense se notabilizou como ilustrador de inúmeras obras da literatura brasileira, como as de Guimarães Rosa, Euclides da Cunha e Mário Palmério. Seus desenhos em preto e branco, que são muito estilizados, com traços fortes e angulosos, captam instantes significativos dos contos machadianos, abrindo-se para além do que é mostrado nas cenas. Muitas vezes, assemelham-se a xilogravuras, como nas ilustrações que Poty realizou para uma edição de *Quatro contos* de Machado de Assis, publicada em 1965 por iniciativa da sociedade Os Cem Bibliófilos do Brasil.

Machado de Assis no traço de Poty.

Alguns anos antes, em 1943, a mesma sociedade de bibliófilos havia publicado uma edição do romance *Memórias póstumas de Brás Cubas*, especialmente ilustrada por Candido Portinari (1903-1962), pintor paulista ligado ao Modernismo que, em sua obra, interessou-se por problemas sociais e por temas históricos do Brasil. O conjunto de desenhos que produziu para a edição de luxo das *Memórias póstumas* foi considerado uma interpretação equivalente a uma análise crítica da obra. O mesmo pode ser dito das ilustrações que Portinari fez para o conto longo "O alienista", em edição da Imprensa Nacional, de 1948.

Comentando os desenhos de Portinari para as *Memórias póstumas*, Lúcia Miguel Pereira, uma importante estudiosa da obra de Machado de Assis, observou que os retratos de personagens são mais numerosos do que as cenas. Segundo ela, isso mostra como o pintor respeitou a índole do romance, pois "os caracteres assumem importância muito maior do que os acontecimentos". Nessa galeria de retratos, a crítica percebeu ainda uma curiosa semelhança das figuras femininas. Portinari deu a elas certo ar de família, uma uniformidade que salienta características comuns das heroínas de Machado: moldadas pelos hábitos e preconceitos da sociedade daquele tempo, muitas apresentam a mesma expressão "serena, reservada e passiva", pois a preocupação com as conveniências as irmanava interiormente, podando-lhes a personalidade. Somente as mulheres que pertenciam a outra classe apresentam traços que as distinguem, percebendo-se nelas a marca da subserviência e da degradação impostas pela pobreza.

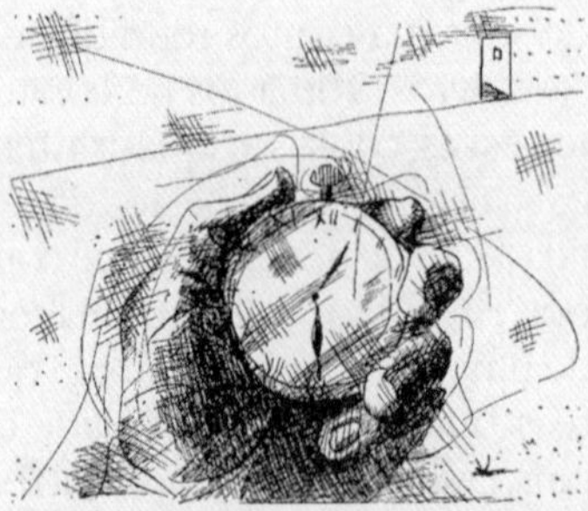

Portinari ilustra Machado: prevalência dos caracteres sobre os acontecimentos.

Outro artista brasileiro de destaque que adentrou no mundo ficcional de Machado de Assis foi Oswaldo Goeldi (1895-1961). Ele produziu gravuras para o conto "A causa secreta" (de *Várias histórias*), publicadas originalmente em 1923, na revista *A Ilustração Brasileira* e reeditadas em volume avulso pela editora Cosac & Naify em 2004. Influenciado pelo Expressionismo, Goeldi interessou-se, em sua obra, por figuras marginais, apresentadas em imagens em que predomina a escuridão. A cena mais famosa do conto de Machado, que explora o tema da crueldade, mostra o personagem Fortunato com um rato, preso pela cauda, e cujas patas vai cortando, vagarosamente, até matá-lo. Nas ilustrações que fez para o conto, a atmosfera sombria da arte de Goeldi traduz com muita eficácia a dimensão opressiva de "A causa secreta".

Um mestre da gravura, Oswaldo Goeldi, cerca de sombra as personagens machadianas.

Considerado um "pesquisador da noite moral sob a noite física", Goeldi também produziu ilustrações para alguns romances do escritor russo Dostoiévski, publicados em tradução brasileira pela Livraria José Olympio, na década de 1940. Embora seja uma coincidência fortuita, não deixa de ser curioso que Goeldi tenha ilustrado obras de Machado de Assis e de Dostoiévski, pois, em 1935, o poeta e crítico gaúcho Augusto Meyer havia se inspirado justamente no "homem subterrâneo" de Dostoiévski para interpretar a obra do escritor brasileiro, chamando a atenção para os elementos de ambiguidade e os significados profundos ocultos sob a camada aparente.

Do livro ao cinema

Passando para as imagens em movimento, podem ser citadas algumas adaptações cinematográficas entre as várias que os contos de Machado de Assis conheceram. Em 1939, ano do centenário de nascimento do escritor, "Um apólogo" (de *Várias histórias*) foi transposto para as telas. O curta-metragem, intitulado *Um apólogo — Machado de Assis*, tinha finalidade didática, tendo sido produzido pelo Instituto Nacional do Cinema Educativo. Nele, a dramatização do conto é acompanhada da narração de uma breve biografia do escritor, com texto da crítica literária Lúcia Miguel Pereira. Apesar de limitado esteticamente pela intenção de divulgação informativa, o pequeno filme tem grande interesse histórico, e não só por ter sido a primeira adaptação de um conto de Machado para o cinema. O responsável pela filmagem foi ninguém menos que Humberto Mauro (1897-1983), o primeiro grande realizador do cinema brasileiro, que, alguns anos antes, havia dirigido sua obra-prima, o filme *Ganga bruta*, de 1933.

Outro diretor de renome que adaptou contos de Machado de Assis para o cinema foi o paulista Nelson Pereira dos Santos, autor de uma vasta obra cinematográfica, em que se revela seu interesse profundo pelo país. Muitas vezes, ele buscou inspiração em obras literárias brasileiras, como *Vidas Secas*, de Graciliano Ramos, que virou filme em 1963. Demonstrando tamanho interesse por nossa literatura, Nelson Pereira dos Santos não poderia ter deixado de adaptar obras de Machado de Assis. Além do curta-metragem intitulado *O Rio de Machado de Assis* (1965), ele enfrentou a tarefa em duas ocasiões. Em 1971, inspirou-se em "O alienista" (de *Papéis avulsos*) para realizar seu filme *Um azyllo muito louco*. Mais tarde, filmou *Missa do galo*, um média-metragem produzido em 1982, com base no conto homônimo (de *Páginas recolhidas*). Participaram do filme alguns atores hoje pouco lembrados, como Rachel Casimiro, Maria Martha dos Santos, Elza Gomes, Sergio Otero e Nildo Parente.

Mas nem sempre os filmes inspirados em Machado de Assis conseguem transmitir o teor crítico da arte do escritor. O caso mais recente ocorreu com o filme *A cartomante*, lançado em 2004, com direção de Wagner de Assis e Pablo Uranga. A ideia original era adaptar o conto reconstituindo o ambiente da época, mas os produtores encontraram dificuldades, e o roteiro foi todo refeito, afastando-se da história original. O filme é estrelado por atores que se

Humberto Mauro, diretor de um curta-metragem de divulgação da obra de Machado.

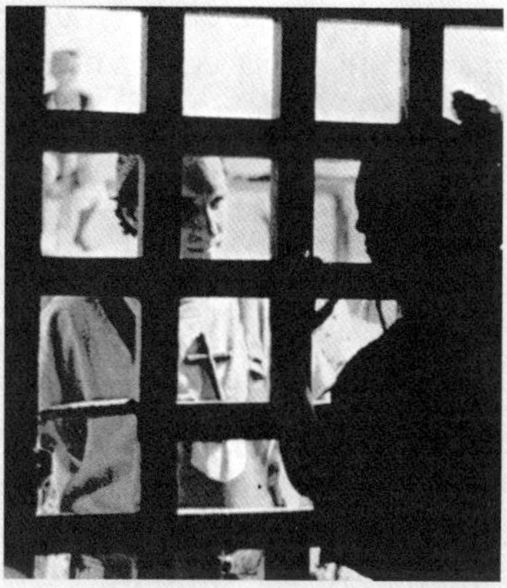

Cena do filme *Um azyllo muito louco*, baseado no conto "O alienista", de Machado de Assis.

popularizaram em novelas da Rede Globo, como Deborah Secco, Luigi Baricelli, Giovanna Antonelli e Mel Lisboa.

O próprio Wagner de Assis havia trabalhado como roteirista na Rede Globo e na equipe de filmes da Xuxa. Talvez por isso *A cartomante* siga certo padrão televisivo empobrecedor, só retendo do conto original o título e o tema do triângulo amoroso.

No conto, Machado de Assis investiga a psicologia dos personagens Rita e seu amante Camilo, que oscilam entre o desejo que os une e o temor da descoberta do adultério pelo marido, numa sociedade em que o senso do decoro determinava o padrão de moralidade. No filme, a história é ambientada no tempo atual, mas nem por isso ajuda a revelar a atualidade do escritor. Nele não há sinal da sutileza de Machado ao analisar os caracteres, da condução segura da narrativa ou dos dilemas pessoais dos personagens, divididos entre a conveniência e a esperteza presumida.

Além disso, enquanto Machado de Assis distanciava-se das modas literárias e científicas de sua própria época, incorporando-as criticamente por meio da paródia e frustrando as expectativas de consolação oferecidas pelo romance, o filme adere aos clichês vigentes, com diálogos banais e recursos cinematográficos estereotipados. Aquilo que deveria ser crítica à tolice torna-se reflexo dela.

A cartomante nas telas: adaptação simplificadora, desatenta às sutilezas do conto.

De volta à literatura

Com sua capacidade de inspirar novas indagações, a obra de Machado de Assis também instigou outros escritores a retomá-la criativamente. Em 1977, Osman Lins e Julieta de Godoy Ladeira tiveram a ideia de reescrever o conto “Missa do galo”, convidando outros autores a participarem desse desafio. O conto de Machado serviu de mote, e as versões da história foram reunidas no livro *Missa do galo: variações sobre o mesmo tema*, publicado pela editora Summus.

No conto original, Machado de Assis explora ao máximo os subentendidos e deixa apenas sugerida uma insinuação amorosa na conversa entre Nogueira, que narra o conto muitos anos após aquela noite decisiva, e Conceição, a esposa de Menezes, em cuja casa Nogueira estava hospedado. Propositalmente Machado torna os significados incertos, sem que se possa atribuir intenções definidas a atos, gestos e falas das personagens. Assim, o conto se abre em várias direções, e é justamente dessa amplitude de possibilidades que os escritores tiram proveito ao reinventar a história.

Reprodução

“Missa do galo”: um conto revisitado a partir de diferentes perspectivas.

Em suas versões do conto, os seis escritores adotam perspectivas diferenciadas e evidenciam a relatividade dos pontos de vista. Nélida Piñon reconta a história pelo ângulo de Menezes; Osman Lins narra o episódio a partir do próprio Nogueira, mas deslocando a ênfase para detalhes diferentes; Julieta de Godoy Ladeira revê a história pela perspectiva de Conceição; Antônio Callado conta lembranças de dona Inácia, a mãe de Conceição, fazendo alusão a várias personagens de outras obras de Machado de Assis; Autran Dourado narra o caso a partir do escrevente juramentado de Menezes, com quem Conceição se casaria depois da morte do marido; e Lygia Fagundes Telles inventa um narrador que vê tudo de fora, mas mantendo as ambiguidades do conto original.

Todas essas recriações não deixam de ser também maneiras de interpretar o conto original de Machado de Assis, chamando a atenção para muitos pormenores e significados ocultos por baixo da linguagem simples e contida de "Missa do galo".

Por fim, cabe lembrar que Machado de Assis recebeu uma homenagem literária muito especial, feita por outro grande escritor brasileiro. O poeta Carlos Drummond de Andrade expressou toda sua admiração por Machado em "A um bruxo, com amor", poema incluído no livro *A vida passada a limpo*, de 1959. Em seus versos, Drummond faz desfilar uma série de referências e comentários aos personagens desse escritor, sugerindo a força de sua arte:

> "Outros leram da vida um capítulo, tu leste o livro inteiro.
> [...]
> onde o diabo joga dama com o destino,
> estás sempre aí, bruxo alusivo e zombeteiro,
> que resolves em mim tantos enigmas".

O interesse da obra de Machado de Assis para a atualidade está na sua capacidade de mostrar, com ironia, dilemas e problemas da sociedade, os quais podem manifestar-se misteriosamente no comportamento do condutor de bonde ou nas mudanças de opinião de um canário. Questionando a visão convencional das coisas, Machado nos ensina a enxergar e a entender melhor o que se passa ao nosso redor e também dentro de nós mesmos.

Carlos Drummond de Andrade, leitor atento da prosa machadiana, aproveitou muitas de suas contribuições no âmbito da própria poesia.

REFERÊNCIAS BIBLIOGRÁFICAS

Os trechos dos contos de Machado de Assis aqui reproduzidos foram retirados das seguintes obras:

"A segunda vida". *Histórias sem data* (1884) in *Machado de Assis. Obra completa*, vol. II. Rio de Janeiro: Editora José Aguilar, 1962. p. 440-6.

"O enfermeiro". *Várias histórias* (1986) in *Machado de Assis. Obra completa*, vol. II. Rio de Janeiro: Editora José Aguilar, 1962. p. 528-35.

"Eterno", "Missa do galo" e "Ideias do canário". *Páginas recolhidas* (1900) in *Machado de Assis. Obra completa*, vol. II. Rio de Janeiro: Editora José Aguilar, 1962. p. 598-614.

"Umas férias". *Relíquias da Casa Velha* (1906) in *Machado de Assis. Obra completa*, vol. II. Rio de Janeiro: Editora José Aguilar, 1962. p. 698-703.

DESCOBRINDO OS CLÁSSICOS

ALUÍSIO AZEVEDO

O CORTIÇO

Dez dias de cortiço, de Ivan Jaf

O MULATO

Longe dos olhos, de Ivan Jaf

CASTRO ALVES

POESIAS

O amigo de Castro Alves, de Moacyr Scliar

EÇA DE QUEIRÓS

O CRIME DO PADRE AMARO

Memórias de um jovem padre, de Álvaro Cardoso Gomes

A CIDADE E AS SERRAS

No alto da serra, de Álvaro Cardoso Gomes

O PRIMO BASÍLIO

A prima de um amigo meu, de Álvaro Cardoso Gomes

EUCLIDES DA CUNHA

OS SERTÕES

O sertão vai virar mar, de Moacyr Scliar

GIL VICENTE

AUTO DA BARCA DO INFERNO

Auto do busão do inferno, de Álvaro Cardoso Gomes

JOAQUIM MANUEL DE MACEDO

A MORENINHA

A moreninha 2: a missão, de Ivan Jaf

JOSÉ DE ALENCAR

O GUARANI

Câmera na mão, *O Guarani* no coração, de Moacyr Scliar

SENHORA

Corações partidos, de Luiz Antonio Aguiar

LUCÍOLA

Uma garota bonita, de Luiz Antonio Aguiar

LIMA BARRETO

O TRISTE FIM DE POLICARPO QUARESMA

Ataque do comando P. Q., de Moacyr Scliar

LUÍS DE CAMÕES

OS LUSÍADAS

Por mares há muito navegados, de Álvaro Cardoso Gomes

MACHADO DE ASSIS

DOM CASMURRO

Dona Casmurra e seu Tigrão, de Ivan Jaf

O ALIENISTA

O mistério da casa verde, de Moacyr Scliar

CONTOS

O mundo é dos canários, de Luiz Antonio Aguiar

ESAÚ E JACÓ E MEMORIAL DE AIRES

O tempo que se perde, de Luiz Antonio Aguiar

MEMÓRIAS PÓSTUMAS DE BRÁS CUBAS

O voo do hipopótamo, de Luiz Antonio Aguiar

MANUEL ANTÔNIO DE ALMEIDA

MEMÓRIAS DE UM SARGENTO DE MILÍCIAS

Era no tempo do rei, de Luiz Antonio Aguiar

RAUL POMPEIA

O ATENEU

Onde fica o Ateneu?, de Ivan Jaf